KB126870

학교 공간, 이렇게 바꿨어요!

미래 학교 만들기 프로젝트

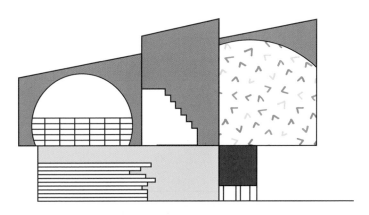

학교 공간, 이렇게 바꿨어요!

미 래 학 교 만 들 기 프 로 젝 트

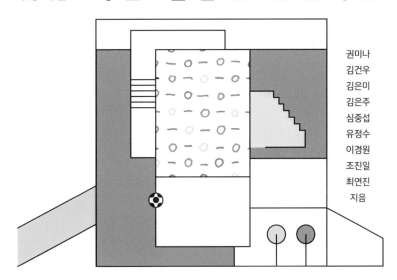

권미나
김건우
김은미
김은주
심중섭
유정수
이경원
조진일
최연진
지음

창비

차례

3부 배움과 공간의 경계 허물기: 미래 학교를 상상하다

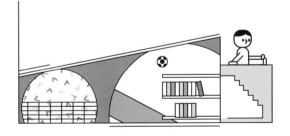

들어가는 글

학교 공간에 혁신이 필요하다고 느꼈던 순간이 또렷이 기억난다. 2015년의 일이다. 필자는 한국 대표 자격으로 OECD CELE(Center for Effective Learning Environment)가 주최하는 콘퍼런스에 다녀왔다. 그리스 아테네에서 개최된 이 콘퍼런스의 주제는 'Form Follow Learning(FFL)'이었다. 굳이 번역하자면 학교의 공간은 학습을 위해, 학습에 의해 조성되어야 한다는 의미이다.

콘퍼런스의 핵심 내용은 앞으로의 학교 공간은 창의적이고 혁신적으로 조성되어야 한다는 것이었다. 콘퍼런스의 주제와 내용만으로도 신선한 충격이었지만, 무엇보다 학교 공간이 나아가야 할 방향을 뚜렷하게 제시한 것이 인상적이었다.

이러한 기류는 우리나라에도 영향을 미쳤다. 국내에 학교 공간 혁신의 바람이 불기 시작한 것이다. 2019년 이후 정부는 관련 정책을 입안해 추진하고 있으며 이 글을 쓰는 순간에도 전국의 많은 학교가 혁신적인 학교 공간을 조성하기 위해 노력하고 있다.

왜 우리는 학교 공간을 혁신해야만 하는가?

인간은 더 나은 삶을 영위하기 위해 수많은 발전과 성장을 도모하며 살아간다. 이러한 성장과 발전의 밑거름은 당연히 교육에서 비롯된다. 교육은 새로운 기술과 지식을 습득하는 학습 행위를 계획적으로 잘 프로그래밍하는 행위이다. 그리고 학교 공간은 이러한 교육 활동이 이루어지는 장소이다. 인간의 끊임없는 성장과 발전을 위해서는 학습과 교육이 이루어지는 학교 공간을 지속적으로 혁신해야 한다. 이것이 우리가 학교 공간 혁신을 멈추면 안 되는 근본적인 이유이다.

'혁신'은 미래를 앞당기는 행위이다. 그렇다면 미래란 무엇일까? 미래는 막연히 기다리는 것이 아니다. 현재에 충실하면서도 최선의 노력으로 꿈을 현실로 만들어 나가는 것이 바로 미래이다. 어른에게 꿈을 실현하는 장소가 사회라면, 학생에겐 그 장소가 학교라는 점을 잊어서는 안 된다.

최근 통계 자료를 살펴보면 전체 학교 시설 중 40년 이상 경과된 노후 건물이 차지하는 비율은 약 20% 수준이다. 하지만 더 우려되는 것은 향후 5년 이내에 그 비율이 약 30%에 육박하게 된다는 것이다. 지금부터 노후한 학교 시설을 개선하지 않는다면 학생들의 미래를 담보할 학습권과 안전의 확보가 어렵고, 결국 우리나라 교육의 미래에 적신호가 켜질 수밖에 없다.

교사와 학생 중심의 창의적·혁신적 공간으로

인간의 행동을 구속하는 환경 요인은 여러 가지가 있을 수 있고, 공간도 그중 하나이다. 즉 공간이 인간의 감정과 행동을 지배할 수도 있다는 이야기이다. 이는 이미 건축의 역사와 문화로부터 여러 번 증명이 된 사실이다.

지금의 학교를 살펴보자. 과거의 학교와 비교했을 때 지금의 학교는 어떠한 변화가 있을까? 학교의 문화, 교육 과정, 수업 방식, 학급당 학생 수 등 여러 가지가 변했지만 학교 공간은 큰 변화 없이 정체되어 있다. 물론 변화가 있다고 해서 무조건 좋은 교육 공간이라고 할 수는 없다. 하지만 학교 공간이 학생들의 학습과 정의적 성장, 태도에 이르기까지 광범위한 영향을 미친다는 사실은 분명하다.

그렇다면 이제 정체되어 있는 학교 공간을 어떻게 혁신적인 공간으로 탈바꿈시킬 것인지가 논의의 초점이 된다. 필자는 국내외 학교 현장을 둘러보면서 다음과 같은 순서를 따라 공간 혁신에 접근해 보기를 제안한다.

첫째, 미래 사회와 미래 교육 환경의 변화를 탐색하여 우리 학교만의 교육적 가치와 목표 등을 설정하는 것이다. 둘째, 우리 학교만의 교육적 가치와 목표 등을 달성하기 위해 교육 과정을 재구성하고, 이를 잘 운영하기 위한 학교 운영 방식과 교수-학습 방법 등을 결정하는 것이다. 셋째, 우리 학교의 대지와 건물을 둘러보면서 앞서 결정한 우리 학교만의 교육적 가치와 목표, 학교 운영 등에 적합한지를 점검하는 것이다. 이러한 점검을 통해 공간의 문제를 진단하고 다양한 해결 방안을 모색해야 한다. 넷째, 상기 일련의 과정을 종합적으로 정리하여 단기, 중기, 장기 등 우리 학교만의 마스터 플랜을 수립하는 것이다. 다섯째, 마스터 플랜에 입각하여 공간 혁신 사업 계획을 수립하고 실행에 옮기는 것이다. 마지막은 혁신적으로 조성된 공간을 사용하면서 학생들의 성과를 지속적으로 모니터링하는 것이다. 필요에 따라 혁신적으로 조성된 공간일지라도 학생들의 성과 등에 부정적 영향을 미칠 경우에는 과감하게 공간을 재구성해야 한다.

미래의 학교, 공간 혁신이 답이다

미래의 학교 공간은 과연 어떠한 모습이어야 할까? 결론부터 말하자면 정답은 없다. 학교 공간은 늘 살아 움직이는 유기체처럼 미래 사회와 교육 환경의 변화에 항상 열려 있어야 한다. 변화에 발맞춰 끊임없이 변화하는 학교 운영 방식과 교육 과정, 교수-학습 방법에 적응할 수 있는 학교, 그런 생명력을 지닌 학교 공간이 미래의 학교 공간이다.

미래형 학교 공간은 사용자에 의해 만들어진다. 그리고 미래형 학교 공간은 단순히 학습의 장(場)으로서 기능할 뿐만 아니라 그 자체가 학습 내용의 역할을 한다.

그렇다면 학교 공간을 어떻게 혁신하는 것이 좋을까? 학교 공간 혁신은 이미 시작되었다. 최근의 학교 공간 혁신 사례를 살펴보면 단위 학교만의 독특하면서도 다양한 가치와 의미를 내포하고 있다. 학교 공간 혁신의 답을 찾기 위해 가장 좋은 방법은 바로 다양한 사례를 많이 찾아보는 것이다.

이 책은 학교 공간 혁신에 대한 많은 질문에 대해 직접 학교 공간 혁신의 다양한 사례를 만들어 간 사람들의 목소리로 답하고자 했다. 자신이 경험한 학교 공간 혁신 이야기를 생생하게 들려준 세종 솔빛초 김은주 교감 선생님, 경남 남해 해성중 김건우 선생님, 강원 평창고 이경원 선생님, 전북 전주교대 전주부설초 권미나 선생님, 경남 용남중 최연진 선생님, 서울 당곡고 심중섭 교장 선생님과 미래 학교와 학교 공간에 대한 고민을 나눈 광주 본촌초

김은미 선생님, 전주교대 컴퓨터교육과 유정수 교수님 그리고 한국교육개발원에서 학교 공간을 연구하는 필자의 이야기가 학교 공간 혁신을 위해 노력하는 많은 분께 도움이 되길 바란다.

다양하고 복잡한 학교 현장의 공간 혁신 이야기를 잘 정리해 준 창비교육에 감사드린다. 부디 이 책에 실린 다양한 사례와 전문가의 이야기가 학교 공간 혁신의 답을 찾기 위해 고군분투하시는 전국 방방곡곡의 선생님들에게 한 줄기 빛이 되기를 간절히 희망한다.

2021년 2월
저자들을 대표하여
조진일

1부

쉼·놀이·삶의
공간을 만나다

"학교 공간 혁신의 과정에서
학교 공간이 내 것이 되는 경험은
지속 가능한 학교 공간 만들기의 원동력이다."

― 교감 김은주

학습과 놀이와 쉼이
어우러지는 공간 만들기

세종 솔빛초등학교

개교 학교를
'우리 모두의 학교'로

'우리 학교'를 만들어 가는 구심점

2012년 세종특별자치시가 출범하고 세종시교육청이 개청하면서 세종시에는 50여 개가 넘는 개교 학교가 지어졌다. 솔빛초는 2019년에 개교한 학교로 개교 학교의 특성상 빈 공간이 많아 학교의 비전과 철학에 따라 공간 재구조화를 시도해 볼 수 있는 여건이 되었다. 즉 학교의 공간을 채우는 일이 학교 공간 혁신 사업과 자연스럽게 이어진 것이다. 교사들은 '학교 공간은 교육 과정을 담을 수 있는 배움의 공간'이라는 철학을 토대로 교육 과정과 학생의 삶을 연결하는 공간 혁신에 대한 고민을 시작했다.

학교 공간 혁신 사업 전부터 시작한 '놀이터 재구조화 TF 팀'의 활동과 '학교 규정 만들기' '교가 만들기' 프로젝트를 진행한 경험은 학교 공간 혁신에 자신감을 더해 주었다. 학교 공간 혁신은 학생, 교사, 학부모가 설계 과정에 참여해 다양한 학교 공간을 함께 만들어 가는 과정이다. 이제 막 개교한 학교에 전학 온 학생과 전입 교사 그리고 학부모에게 학교 공간 혁신의 과정은 힘든 일이 아니라 '우리 교실, 우리 학교'를 만들어 가는 좋은 구심점이 되었다.

먼저 교사들과 모여 솔빛초의 학교 공간 혁신 목적과 기본 방향을 네 가지로 정했다. 또한 이 방향성을 잊지 않고 사업을 진행하기로 약속했다.

○ 학교는 교육 과정을 담을 수 있는 배움의 공간이어야 한다.

○ 학교 공간을 통해서 배움과 쉼, 놀이의 욕구를 충족시킬 수 있어야 한다.

○ 학교 공간을 통하여 학생들은 서로 만나고 소통하는 방법을 배울 수 있어야 한다.

○ 학교는 학생들이 교육의 공공성을 누릴 수 있는 공간이어야 한다.

학교 공간 혁신을 위한 사용자 참여 설계 과정[*]

사용자 참여 설계 과정은 '시작하기, 이해하기, 탐험하기, 상상하기, 만들기, 돌아보기'의 여섯 단계로 이루어진다.

---

[*] 학교 공간 혁신을 위한 사용자 참여 설계 6단계 과정은 씨 프로그램(C-program) '배움의 공간' 프로세스를 참고했다.

첫 번째 '시작하기' 단계에서는 TF 팀을 구성하고 사업 개요를 교직원과 학생들에게 안내하며 전체적인 학교 공간 혁신 진행 일정을 협의한다. 이때 가장 중요하게 고려해야 하는 일정은 학생과 교사의 수업 일정이다.

두 번째 '이해하기' 단계에서는 학교 공간에 대한 학생들의 생각, 교사들의 생각 그리고 학부모들의 생각을 듣고 서로 공유한다. 이후 학생과 교사, 학부모가 학교의 이곳저곳을 관찰 및 조사한 후 모둠 협의를 진행하고 공간 탐방(인사이트 투어) 계획을 세운다.

세 번째 '탐험하기' 단계에서는 공간 탐방을 진행한 다음 학교 공간을 관찰한 내용과 공간 탐방 결과를 정리하여 공유하고 서로 의견을 나눈다. 이때 담당 교사와 전문가는 그 의견을 분류하고 수합하는 역할을 한다. 그 후 학교 공간에 대한 워크숍과 설문 조사 등을 진행하여 대상이 될 공간에 대한 우선순위를 정한다.

네 번째 '상상하기'는 아이디어를 도출하고 구체화하는 단계이다. 이전 단계를 거치며 정리된 내용을 바탕으로 학생, 교사, 학부모는 스케치와 모형 제작, 콜라주 등의 방법으로 자신의 아이디어를 표현하고, 건축사는 수합된 아이디어를 기반으로 기본 디자인을 입혀 다시 표현하는 역할을 한다. 네 번째 단계까지는 주로 학교 구성원들의 참여와 노력이 중요하지만 다섯 번째 단계인 '만들기'부터는 전문가가 바빠지는 시간이다. 건축사는 지금까지의 아이디어를 기반으로 공간을 설계하고 시공·감리 등을 진행한다.

마지막 여섯 번째 '돌아보기' 단계에서는 실제 변화된 학교 공간을 사용한 후 학교 구성원에게 만족도 조사를 실시한다. 개선이 필요한 부분이 발생하면 건축사와 함께 이를 지속적으로 보완해 나간다.

새로운 학교 공간을 상상하다

시작하기: 역할 나누기와 일정 협의하기

학교 공간 혁신의 주체는 크게 학교 구성원과 전문가(건축사), 촉진자 그리고 행정 담당자로 나눌 수 있다. 먼저 교사들로 공간 혁신 TF 팀을 꾸렸다. TF 팀은 총 네 개의 분과로 나누었는데 기획 분과는 참여형 설계 기획을, 연수 분과는 교육 과정 재구성을, 추진 분과는 학생, 교사, 학부모를 위한 공간 수업 자료 제작을, 지원 분과는 공간 혁신 과정을 기록으로 남기고 보고서를 작성하는 역할을 맡았다.

건축사는 교사와 학생의 생각을 연결하여 전문적이고 실현 가능한 디자인으로 압축한다. 이 과정을 통해 학생, 교사, 학부모는 자신의 의견과 학교의 가치, 비전을 공간에 담는 구체적인 경험을 할 수 있다. 또한 건축사는 학교에 특화된 디자인을 제안하는 등 최종 설계 도면이 완성되기까지 중요한 역할을 한다.

그리고 학교 공간 혁신 사업에서 중요한 역할을 하는 또 다른 사람은 촉진자*이다. 촉진자는 학교 구성원과 행정 담당자, 전문가라는 세 주체를 연결하고 사용자 참여 과정의 전반적인 진행을 맡아 워크숍, 공간 교육, 디자인 제안 및 조정을 하는 역할이다.

마지막으로 입찰과 예산 집행, 공사 진행 과정에서는 행정 담당자의 역할이 중요하다.

이후 네 주체가 모여 전체적인 일정을 협의하는데 이때 공간 수업 계획도 함께 이루어져야 한다. 솔빛초는 전 학년이 모두 참여하되, 각 학년의 특성에 맞게 주제를 달리하여 공간 수업을 진행하기로 했다. 1학년은 '함께 만드는 우리 학교' 2학년은 '학교 한 바퀴, 안녕!' 3학년은 '학교의 주인은 우리' 4학년은 '공간, 새로운 발견' 5학년은 '공간, 관계를 맺다' 6학년은 '꿈꾸는 건축가'라는 주제를 정했다. 6개 학년 중 5학년이 중심 학년으로 활동했는데 5학년 공

---

* 촉진자(퍼실리테이터, Facilitator)
학교 공간 혁신 사업을 원활하게 추진하기 위한 역할을 한다. 주로 준비·기획, 참여 설계, 설계·시공의 단계에 합류하며 건축 교육 전문가, 건축사, 공간 디자이너, 문화 기획가 등이 촉진자로 참여한다. 경우에 따라 건축가가 촉진자 역할을 겸하기도 한다.

간 수업의 총 시수는 28시간으로 실과, 국어, 미술 교과와 창의 체험 활동 시간을 통합하여 재구성했다.

이해하기: 학교 공간을 다시 보고, 함께 생각을 나누며

전학 온 지 한 학기 정도 지난 5학년 학생들에게 "여러분은 '솔빛초등학교' 하면 어떤 것들이 떠오르나요?"라는 질문을 던지고 답변을 받아 보았다. '축구, 맨발 걷기, 뛰어놀기, 버스킹, 물, 함께, 솔방울, 산, 나무, 놀이방, 꽃, 빛나게, 깨끗이, 즐겁게, 신나게, 사이 좋게' 등 학교가 숲과 가까이 있는 탓인지 자연을 표현하는 단어들이 많았고, 친구들과 어울리는 장면을 표현하는 단어들도 다수 나왔다. 학교 공간에 대한 교사들의 생각을 물으니 '감수성, 의사소통, 문제 해결, 자치, 소통, 편안함, 건강, 상상력, 존중, 자유, 이해, 공감, 어울림, 자연, 감성' 등 솔빛초의 비전과 교육 목표에 가까운 단어들이 답으로 많이 나왔다. 아마도 학생들이 편안한 학교 공간에서 충분한 상상력을 발휘할 수 있길 바라는 마음이 아니었을까. 마지막으로 학교 공간에 대한 학부모의 생각을 들어 봤다. 학부모들은 학교 안의 비어 있는 넓은 공간에 학습과 연계된 놀이 공간을 만들면 좋겠다는 의견과 기존의 계단식 아트홀이 보다 복합 기능을 하는 공간으로 변하길 바라는 마음을 주로 표현했다.

공간 수업은 눕거나 물구나무를 선 상태로 교실 공간을 보는 등

평소 하지 않았던 자세로 공간을 새롭게 관찰해 보는 수업을 시작으로 진행해 나갔다. 그리고 가 보지 않았던 학교 안의 장소를 돌아다니며 새롭게 필요한 공간과 변화가 필요한 공간이 어디인지 찾아보는 활동을 했다.

관찰을 마친 후 학생들은 촉진자와 만나 공간을 탐색한 결과를 공유하는 시간을 가졌다. 해당 공간이 가진 느낌과 변화에 대한 기대를 모아 보니 다양한 이야기들이 나왔다. 중앙 현관 로비, 아트홀, 교실 앞 복도에 대한 의견이 가장 많았고, 이 외에도 도서관, 다모임실, 뒤뜰, 운동장 등 학교 내의 다른 공간에 대한 의견도 많았다.

공간	학교 공간에 대한 생각과 기대
중앙 현관 로비	- 생각: 비어 있다, 어둡다, 차갑다, 그냥 통로이다 등 - 학생들의 기대: 카페, 매점, 책상, 소파, 그네, 전시 등 - 교사, 학부모의 기대: 긴 소파, 실내 놀이터, 외부로 연결된 미닫이문 설치 등
아트홀	- 느낌: 차갑다, 엎드리고 싶다 등 - 학생들의 기대: 쿠션 방석, 미끄럼틀, 다락방, 무대 등 - 교사, 학부모의 기대: 계단에 쿠션 매트 설치 등
교실 앞 복도	- 느낌: 비어 있다, 쉬고 싶다, 눕고 싶다, 뛰고 싶다 등 - 학생들의 기대: 매트, 푹신한 의자, 트램펄린 등 - 교사, 학생들의 기대: 휴식 공간, 모둠 활동 공간, 토의 학습 공간 등

탐험하기: 깊어진 생각을 모으다

공간에 대한 생각의 폭을 넓히고자 학생들과 학교 밖 공간들을 탐방해 보았다. 공장에서 미술관으로 공간의 이미지 변신을 이룬 청주 국립현대미술관, 독서·놀이·휴식 공간인 만화 카페, 공주 구도심의 되살아난 마을 골목길, '꿈담 교실' 사업 진행 학교 등으로 인사이트 투어를 다녀온 후에는 탐방을 통해서 얻은 여러 가지 아이디어를 서로 나누는 시간을 갖고, 이 내용을 각 학년별로 기록해 전시하여 탐방한 내용을 공유했다.

사실 개교 1년 차인 학교는 깨끗한 새 건물이라 특별히 나쁜 점이라고 할 것은 없었다. 하지만 인사이트 투어를 다녀온 후 다시 살펴보니 필요한 것을 채워서 조금의 변화를 준다면 학교 공간이 더욱 쓰임새 있게 바뀔 것이라는 기대감이 생겼다. 학생들은 모둠별 토의 활동을 통해 아이디어를 공유했다. 친구의 의견을 듣고 생각을 더하거나 빼며 학교 공간에 실제로 적용할 수 있는 아이디어를 논의했다. 그 결과 학교 내에 놀이 공간과 휴식 공간이 필요하다는 것으로 생각이 모아졌다.

이 내용을 바탕으로 학교 공간 혁신의 우선순위를 정했다. 학생, 교사, 학부모의 투표 결과 중앙 현관 로비, 아트홀, 교실 앞 복도가 선정되었다. 이 세 곳 외에 놀이터를 완성하는 과제까지 포함해 총 네 곳을 공간 혁신의 대상으로 결정했다.

5학년 학생들이 자신의 아이디어를 구체화해 보는 공간 수업에 참여하고 있다.

상상하기: 아이디어를 실제 모형으로

선정한 공간들을 어떻게 변화시킬 것인지 보다 구체적인 아이디어를 도출하기 위해 공간 수업을 진행했다. 5학년 학생들과는 아이디어를 스케치하고 학생들이 손쉽게 다룰 수 있는 다양한 재료(폼 보드, 골판지, 색지, 수수깡, 색실 등)를 이용해 모형으로 표현하는 활동을 했다.

5학년 외의 다른 학년도 공간 수업을 진행하였는데 저학년 학생들은 찰흙으로 입체 모형을 만들었고, 4학년 학생들은 실제 사진을 확대 출력해 그 위에 학생들이 공간 구성을 직접 그려 보면서 자신의 생각을 다양한 방법으로 표현할 수 있도록 했다.

이렇게 만들어진 학생들의 작품들은 교내 전시회를 열어 공유하고, 설문을 진행해 학생들의 의견을 청취하는 과정을 여러 차례 거쳤다.

상상이
현실이 되다

만들기: 설계와 시공

건축사는 단계를 거치며 정리한 학교 구성원의 의견과 아이디어, 설문 결과를 바탕으로 공간별 그림을 그렸다. 1차 설계도가 완성된 후 교육 공동체 모두가 참여하는 중간 보고회를 열었다. 공간 수업의 결과가 건축사의 입체적인 도면으로 표현되었다. 그리고 여러 차례 워크숍을 진행하며 몇 번의 수정을 거친 후 최종 설계도가 확정되었다. 이 설계도로 입찰을 진행했고 겨울 방학 동안 공사를 진행했다.

다양한 활동과 의견 수렴, 협의, 구체화 과정을 거쳐 드디어 학교 구성원 모두가 참여해서 만든 학교 공간을 만나게 된 것이다.

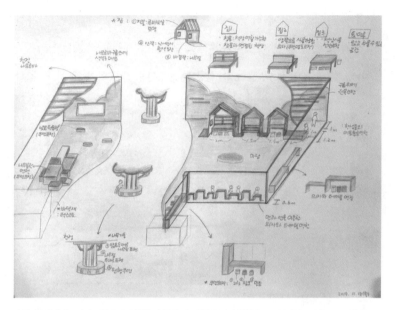

솔빛마을의 설계도이다. 그림으로 표현한 이 설계도는 공간을 보다 입체적으로 살펴볼 수 있는 3D 모델링으로 다시 구현된다.

솔빛마을: 중앙 현관 로비

중앙 현관 로비의 주제는 '솔빛마을'로 잡았다. 중앙 현관은 마을 중앙에 위치한 광장처럼 학생들이 모일 수 있는 넓은 장소이기 때문이다. 학생들이 학교를 생각하며 떠올린 나무, 집, 언덕, 길, 하늘과 같은 단어들에서 솔빛마을 공간의 자연적인 콘셉트를 도출했다.

솔빛마을은 집, 넓은 평상, 큰 나무, 언덕, 시냇물 그리고 하늘과 구름이 있는 평범한 마을로 구현했다. 솔빛마을 동쪽에는 집 속

◆ 솔빛마을(동쪽)은 집, 평상, 시냇가 등을 모티프로 디자인했다. 이 공간에서 학생들은 학습과 놀이를 하고 휴식을 취한다.

◆◆ 솔빛마을(서쪽)은 느티나무, 언덕, 구름을 모티프로 디자인했다. 벽에는 작은 칠판을 배치해 수업도 가능한 공간으로 만들었다.

의 집 3채와 마루(평상)를 연결해 휴식과 대화, 개인적인 학습이 이루어질 수 있도록 했다. 이곳에서는 학생들이 친구들과 책을 읽거나 이야기를 나누고 창문으로 옆집 친구를 부를 수도 있다. 집 맞은편에는 시냇가를 상징하는 긴 의자가 있다. 면과 선을 활용해 만든 이 의자는 여러 명이 앉아서 기차놀이를 할 수도 있고, 의자 겸 테이블로 사용할 수도 있다. 큰 사각형의 평상과 원형의 평상도 있는데 사각형 평상은 큰 창문 쪽에 배치해 그 위에 누우면 하늘을 보며 쉴 수 있다. 원형 평상은 학생들이 도란도란 앉아서 이야기를 나누거나 그 위에 올라가서 작은 공연을 할 수 있는 무대가 되기도 한다.

솔빛마을 중앙에는 두 개의 기둥에 나무를 덧대서 마을의 느티나무를 형상화하였고, 학생들이 휴식을 할 수 있도록 나무의 하단에 벤치형 의자를 두었다.

솔빛마을 서쪽의 창가에는 단차가 있는 블록 모양의 스툴을 겹겹이 두어 마을의 언덕을 표현했다. 이 언덕은 놀이와 휴식 공간으로 주로 활용하지만 때로는 수업이 이루어지기도 한다. 이곳의 바닥은 얇은 녹색의 렉스코트를 깔아 맨발로 다녀도 편안한 느낌을 갖도록 했다.

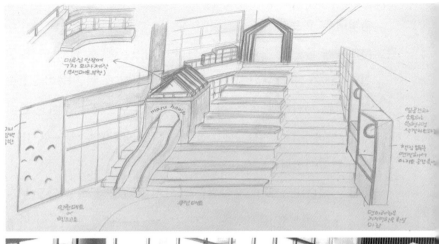

◆ 솔빛마루의 초기 설계도이다. 이 설계도의 미끄럼틀은 학생과 학부모가 매우 원한 공간이었으나 안전상의
이유로 허가가 나지 않아 작은 집의 형태로 설계를 변경했다.

◆◆ 솔빛마루는 놀이와 쉼, 학습을 함께할 수 있는 멀티 공간으로, 학생들이 가장 좋아하는 공간이기도 하다.
사진에서 설계 변경 후 미끄럼틀 대신 구현된 작은 집을 확인할 수 있다.

솔빛마루: 아트홀

아트홀은 높은 천장이 있는 계단형 공간으로 주로 학교 행사, 공연 장소로 이용하고, 도서실과 이어져 있어서 책 읽는 공간으로도 활용하는 복합 공간이다. 아트홀은 나무 계단으로 이루어진 곳이라 '솔빛마루'라고 이름 짓고 놀이나 수업 공간으로 활용할 수 있도록 변화시켰다.

나무 계단이 딱딱하고 차갑다는 의견을 반영해 계단 위에 무지개색 쿠션 매트를 설치했다. 계단의 중간 부분에는 학생들이 방처럼 들어가 앉아 있을 수 있는 집 모양의 구조물을 설치했는데 창을 통해 계단 쪽 아이들과 서로 마주 볼 수 있어 놀이와 만남의 공간으로도 활용할 수 있다. 집 모양의 구조물은 계단 윗부분에도 하나 더 설치했다. 학생들은 다락방 같은 공간에서 드러누워 책을 읽거나 놀이를 하거나 친구와 함께 이야기를 나누며 또 다른 재미있는 일을 만들어 낼 것이다.

솔빛쉼터: 교실 앞 복도

솔빛초는 일자형 복도 끝에 교실 크기의 넓은 공간이 있다. '솔빛쉼터'라고 이름 붙인 이 공간에서 학생들은 쉬는 시간에 친구를 만나고, 놀이를 하고, 소규모 그룹 학습을 할 수 있다.

솔빛쉼터는 학년별로 사용할 수 있도록 6개의 공간을 마련했고,

좌측 상단부터 순서대로 1학년, 2학년, 3학년, 4학년, 5학년, 6학년 솔빛쉼터 공간이다. 포인트 컬러에 맞춰 스툴과 집 모양의 구조물을 설치했고, 학년 수준에 따라 바닥 놀이판을 달리했다.

각 공간은 단차를 둔 모둠 스툴, 벤치, 나무 집 구조물, 바닥 놀이판, 자석 페인트 칠판으로 구성했다. 기존 학교 건물에 칠해진 색(1층 노랑, 2층 빨강, 3층 파랑, 4층 초록)을 따라 각 솔빛쉼터는 층별 포인트 컬러를 적용하여 구현했다. 이렇게 함으로써 비용을 줄일 수 있었고 각 층마다 개성을 갖게 되었다. 바닥 놀이판은 사방치기, 로켓 놀이, 발자국 놀이, 체스 등 학년별 특성에 맞게 배치하였다. 벽면에 자석 페인트를 발라 학습에 필요한 것들을 붙일 수 있어 교사들이 수업 공간으로도 활용할 수 있다.

솔빛놀숲: 야외 놀이터

개교 이후 놀이터 조성 사업에 관한 예산을 받아 학교 공간 혁신 사업과 함께 야외 놀이터 조성 사업을 진행하게 되었다. 야외 놀이터는 '솔빛놀숲'이라는 이름으로 '이야기가 있는 놀이터, 자연과 함께하는 놀이터'로 주제를 잡았다.

솔빛놀숲은 흙산 두 곳과 모래 놀이터 두 곳, 밧줄 놀이대, 통나무 징검다리, 나무 덱, 조합 놀이대로 구성했다. 흙산은 서울의 한 학교에서 시도했던 것으로 놀이 기구를 설치하기보다 놀이 환경을 조성해 주려는 의도로 만들게 되었다. 흙산은 단단한 마사토를 사용했고, 모래 놀이터는 무균 백토를 사용해 학생들이 안심하고 이용할 수 있도록 했다.

이 외에도 통나무 징검다리를 설치해 흙산 두 곳을 왔다 갔다 할 수 있도록 했고 밧줄 놀이터에서는 매듭을 묶고 풀거나 흔들기, 기어오르기, 매달리기, 건너가기, 그네 타기 등 운동 기능을 조화롭게 발달시키는 다양한 놀이를 할 수 있도록 했다. 놀이터 가장자리에 설치한 나무 덱은 놀이를 하는 친구들을 바라보거나 잠시 쉴 수 있고, 소꿉놀이를 하거나 산책을 할 수도 있는 공간이다. 클라이밍, 미끄럼틀, 정글짐, 구름사다리 등의 기능이 있는 조합 놀이대는 가장자리에 배치했다. 추후 솔빛놀숲에서 학교 뒷산으로 바로 갈 수 있는 길을 마련해 학생들의 놀이 공간을 점차 확장해 가려고 한다.

돌아보기: 지속 가능한 공간을 위하여

코로나19 확산으로 2020년 5월 말이 되어서야 등교 개학이 이루어지고, 학생들은 새롭게 바뀐 학교 공간을 사용할 수 있었다. 비록 공간 이용이 제한되고, 학교에 머무는 시간도 짧았지만 학생들은 좋아하는 마음을 감추지 못했다.

학교 공간 혁신 사업 이전에는 학교 구성원이 어느 공간에서 시간을 보내는지, 공간을 어떻게 사용하고 있는지, 좋은 점은 무엇인지, 불편한 점은 무엇인지, 개선해야 할 점은 무엇인지 구체적인 고민을 하지 않았다. 하지만 학교 공간 혁신의 과정을 거치며

솔빛놀숲은 학생들이 몸을 움직이며 창의적으로 만들어 가는 놀이터로 구현하고자 노력했다.

학교 구성원은 교실과 복도 등 학교 공간의 문제점을 발견하고, 그 공간에서 무엇을 하면 좋은지 스스로 고민해 볼 수 있었다. 또한 새로운 공간을 만들기 위해 직접 참여하고 협력하는 경험을 갖게 되었다. 학교 공간이 내 것이 되는 경험은 곧 지속 가능한 학교 공간 만들기의 원동력이 되었다.

공간 혁신이
수업 혁신이 되려면

학생과 교사가 함께 만드는 학교 공간

학교 공간 혁신 사업 담당자가 된 교사의 부담감은 아주 클 것이다. 책이나 강의에서는 '학교 공간 혁신은 리모델링이 아니다.' '사업이 아니고 수업이다.' '교육 활동을 중심에 두는 것이 원칙이다.'라고 강조하지만 '내가 건축가도 아니고 인테리어 사업자도 아닌데 나보고 이걸 하라고?'라며 모두 혼란스러워 한다. 그래서 학교 공간 혁신 사업을 추진하기 전에 공간 혁신의 개념에 대한 이해가 먼저 필요하다. 그리고 그것을 학교 구성원과 서로 공유해야 비로소 공간 혁신의 출발점에 설 수 있다.

　학교 공간 혁신의 과정에서 교사가 할 수 있는 것은 무엇일까?

학생들의 시선에서 관찰하고, 학생들의 이야기를 들으며 의미 있는 지점을 찾아 거기서 확장된 생각을 구체화하고 실행할 수 있도록 연결 짓는 것. 그것이 바로 교사의 가장 큰 역할이다. 결국 교육과정과 함께 풀어 가는 게 관건인 것이다.

학교 공간 혁신 사업은 한정된 예산으로 사용자가 모두 참여해서 정해진 기간 동안 학교 공간을 바꾸는 과업을 수행하는 일이다. 사업 이후 큰 예산이 없어도 학교 공간과 일상의 수업을 연결하려는 시도는 계속 이어져야 한다. 학생들의 삶을 관찰해서 수업 방식이 어떻게 달라져야 할지, 배움은 어떻게 달라져야 할지, 배움의 공간은 어떤 모습이어야 할지를 고민해야 한다. 또한 학생들 스스로 하고 싶은 일을 생각해 내고 그것을 하기 위해 어떤 공간이 필요한지 끊임없이 연결 짓는 것이 필요하다. 직접 참여할 수 있는 여건이 되면 학생들은 분명 자신이 원하는 것을 제시하고 스스로 공간을 만들어 갈 것이다. 공간 혁신은 곧 수업 혁신이다. 이 과정을 학생과 교사가 함께 꾸준히 이어 나가길 바란다.

"학교 공간의 변화를 통해 교사와 학생들이 갖고 있는
사고의 틀이 변화하도록 유도하고 교육의 변화를 이끌어 내는 것,
그것이 바로 학교 공간 혁신을 해야 하는 가장 중요한 이유이다."

― 교사 김건우

학교 공간에
새 숨결을 불어넣다

경남 남해 해성중학교

해성 새 숨결
프로젝트의 시작

교육의 변화를 꿈꾸다

경남 남해에 위치한 해성중은 '해성 새 숨결 프로젝트'라는 이름으로 2019년 경상남도 공간 혁신 사업 '영역 단위 사업'에 선정되었다. 이때 우리가 세운 비전은 죽은 듯 굳은 표정의 학교 건물에 새 숨결을 불어넣어 살아 숨 쉬는 곳으로 만들고 학생들에게는 학교가 가고 싶은 곳, 머물고 싶은 공간이 될 수 있도록 학교 공간을 탈바꿈시켜 보자는 것이었다.

사실 공간 혁신 사업을 신청하게 된 것은 교육의 변화를 위해 지속적으로 노력해 오던 연장선에서 자연스럽게 이루어진 것이었다. 2014년의 교실은 학생들이 줄지어 앉아 있고, 그중 몇몇 학생들은 수업에 눈빛을 반짝이기도 하지만 장난을 치거나 아예 엎

드려 자는 학생들도 적지 않았다. 이 정도면 괜찮은 편이라고 생각하는 교사들도 있었지만 해가 지날수록 심각해지는 교실 상황에 교사도 학생도 그리고 학교도 점점 지쳐 가고 있었다. 이대로 학생들과 교육을 놓아 버릴 수 없다는 생각에 교사들은 틈만 나면 모여 이야기를 나누기 시작했다. 가장 핵심은 교육의 본질이었다. 교사의 수업은 그 반 학생 모두를 위한 것이어야 했다.

처음엔 특별한 기법이나 이론 없이 가능한 많은 시간을 확보해 보다 많은 학생들을 케어하려고 노력했다. 교실에서는 모둠을 활용해 학생들이 서로의 부족한 부분을 보듬어 줄 수 있는 협력 수업을 시도했다. 교사는 많은 양의 지식과 정보를 제공하기보다 꼭 전달해야 할 것들을 추려 가르치고 학생들끼리 생각하고 의논하며 활동할 시간을 제공하는 것이다. 그동안 교사는 전체를 둘러보며 소외되는 학생 없이 가급적 모든 학생들을 케어하도록 했다. 이후 배움의 공동체*와 2015년 경남형 혁신 학교인 '행복 학교'를 만나며 어느 정도 수업의 이론과 방법이 체계화되었다. 힘든 교실 상황 속에서도 이러한 시도로 학생들의 분위기가 조금씩 변해 가고 있다는 것을 느낄 수 있었다.

---

* **배움의 공동체**
일본의 교육학자 사토 마나부가 창시한 교육 혁신 철학이자 방법론으로, 기본 철학은 '한 명의 아이도 배움으로부터 소외되지 않는 질 높은 배움을 보장한다.'이다.

공간 혁신을 재도약의 기회로

행복 학교를 4년 동안 운영하고, 2기에 접어들던 시기 다시 한번 혁신 학교의 방향성을 되짚어 보고 실천 과제에 대해 고민하면서 새로운 변화를 가져올 계기를 찾게 되었다. 마침 행복 학교 연수에서 학교 공간 혁신 강의를 접한 한 동료 교사가 학교의 전 교직원들에게 그 내용을 공유했다. 공간이 학생들의 생각을 바꿀 수도 있고 때로는 아이들의 창의적인 생각을 막는 벽이 될 수도 있다는 사실은 그 내용을 전해 들은 모두에게 큰 충격을 주었다. '공간으로 한 번 더 도약할 수 있겠구나.'라는 생각에 교사들은 관련 영상과 도서를 찾아보며 함께 공부를 시작했다. 주말에는 전 교직원이 학교 공간 혁신 사업을 먼저 실천한 광주 지역의 학교들을 돌아보았다. 이 과정을 거치며 공간에 대한 인식, 공간의 모양, 공간의 운영 방법 등이 학교 교육에 얼마나 큰 변화를 가져올 수 있는지 깨닫게 되었다.

해성중의 교사들은 자주 모여 앉는다. 학생과 수업에 대한 고민을 서로 나누며 함께 머리를 맞대고 해결책을 찾는다. 협력 수업을 시도하고 행복 학교를 운영한 것, 함께 공간 혁신을 고민하고 추진할 수 있었던 것은 학교 구성원 모두가 교육에 대한 고민을 공유하고 마음을 모았기에 가능한 것이었다.

학교 공간 혁신을 위한 고민들

학교 공간 혁신의 목표

학교 공간 혁신을 위해서는 단순히 공간만을 생각하기보다 '교육의 변화'라는 뚜렷한 목적과 목표를 가지고 접근해야 한다. 학교 공간 혁신을 '낡고 오래된 공간을 깨끗하게 바꾸는 것'이라고만 생각한다면 혁신의 취지에 맞지 않는 결과를 초래할 수 있다.

공간 혁신은 각 공간의 역할·조건·가치관을 새롭게 인식하고 이러한 상황을 현실화할 수 있도록 바꾸는 일이자 제 역할을 못하고 생명력을 잃은 공간에 힘과 생명력을 불어넣는 일이어야 한다. 따라서 학교에서의 공간 혁신은 교육의 변화를 지원할 수 있도록 공간이 제 역할을 하게 만드는 일이다.

사고의 틀 깨기

사람은 각자 사고의 틀을 가지고 있다. 이런 사고의 틀 안에서 만들어진 공간은 역으로 우리의 사고의 틀이 어떻게 생겼는지 보여주기도 한다. 어른들은 아이들에게 사고의 틀을 깨고 고정 관념에서 벗어나 자유롭고 창의적으로 생각하라고 하지만 그것은 쉬운 일이 아니다. 어른들의 사고의 틀로 만들어진 공간에서 생활하는 학생들의 사고의 틀은 과연 어떤 모양일까? 어른들과 비슷한 모양이 되어 가고 있는 것은 아닐까? 학교 공간의 변화를 통해 교사와 학생이 갖고 있는 사고의 틀이 변화하도록 유도하고 교육의 변화를 이끌어 내는 것, 그것이 바로 학교 공간 혁신을 해야 하는 가장 중요한 이유이다.

학교 공간을 변화시키는 것은 결코 쉬운 작업이 아니다. 돌이켜 보면 단순히 벽 하나를 허무는 것이 아니라 학교 구성원이 가지고 있던 사고의 벽을 허물어야 하는 것이었기에 더욱 쉽지 않은 일이었다는 생각이 든다. 일례로 교실과 복도 사이에 벽을 허물어 열린 공간을 만들자는 의견이 나왔을 때는 많은 설전이 있었다. '교실의 경계를 허물어 버리면 어떻게 하느냐.' '복도가 없어지는 건 어떻게 하느냐.' 그야말로 거대한 벽, 사고의 벽이었다. 하지만 우리가 하려는 것이 '혁신'이라는 것을 서로 확인하며 어떻게 되는지 한번 시도해 보자는 마음으로 벽을 허물었다.

그런데 작은 벽 하나를 허물자 많은 변화들이 연쇄적으로 일어나기 시작했다. '그 벽을 허물어도 돼? 그럼 이것도 되겠네? 그게 허물어지면 이런 것들도 더 할 수 있겠는데?' 이곳저곳에서 많은 생각들이 쏟아져 나왔다. 교실과 복도 사이의 작은 벽 하나를 허문 것이 아니라 우리들의 사고의 벽이 허물어졌다는 것을 느낀 순간이었다. 이 순간이 바로 공간 혁신 사업을 진행하면서 교사와 학생 모두에게 가장 의미 있는 순간이었다.

복합적 생활 공간으로서의 학교

학교는 복합적 생활 공간이 되어야 한다. 물론 학교의 모든 공간은 교육의 본질을 떠나서는 있을 수 없다. 그럼에도 복합적 생활 공간이 되어야 한다고 이야기한 이유는 지금까지 많은 학교 공간이 수업과 학습만을 위한 공간으로 존재해 왔기 때문이다. '떠들지 마라, 뛰지 마라, 장난치지 마라, 누워 있지 마라.' 학교는 수업과 학습을 위해 학생들의 말과 행동, 생각을 통제한다. 하지만 학교는 학생들이 다양한 인간관계를 경험하며 사색, 휴식, 놀이 등의 여러 가지 활동을 하는 생활 공간이다.

학생의 일과를 분석해 보면 학생들이 학교 공간에서 어떤 활동을 주로 하는지 알 수 있다. 어느 그룹은 친구와 어울리며 그 과정에서 놀이나 장난이 더해지는 것을 즐기고, 어느 그룹은 조용히 대화하는 것을 즐긴다. 개인에 성향에 따라 쉬는 것을 좋아하는 학생과 음악을 듣거나 책을 읽는 것을 좋아하는 학생, 조용히 창밖을 응시하며 사색하는 것을 즐기는 학생도 있다. 학교의 공간들은 이러한 다양한 활동이 가능하도록 구성하는 것이 바람직하다. 즉 가정에서 제공되는 대부분의 공간과 편의 시설이 학교에서도 제공되어야 하는 것이다. 학교는 수업과 학습이라는 하나의 독립된 기능만을 위해 존재해서는 안 된다. 이제는 학교가 학생들이 편안하게 생활을 영위할 수 있는 생활 공간이라는 점도 고려되어야 한다.

연결된 공간으로서의 학교

학교는 굉장히 다양하고 많은 공간들로 구성되어 있다. 그 공간들은 대부분 따로따로 고립되어 있고 특별한 이유가 없다면 찾아가지 않는 공간들도 많다. 예를 들어 도서관은 독서 목적이 아니면 가지 않고 또 오지도 못하게 하는 공간이다. 하지만 학교는 수업, 학습, 휴식, 놀이 등 여러 기능이 복합적으로 이루어지는 공간으로 각 공간들이 서로 유기적인 관계에 있어야 효율성과 활용도가 높아진다.

가사 실습실에서 차 만들기, 쿠키 만들기 활동을 하고 차와 쿠키를 챙겨서 친구들과 옥상 정원에서 함께 나눠 먹으며 이야기를 나누고, 도서관 테이블에 앉아 음악을 듣거나 책을 읽다가 옆에 있는 그룹실에 들어가 토론을 하는 등 각 공간들이 유기적으로 연결되어 있어야 학생들이 자주 활용할 수 있다. 공간이란 사람들이 자주 찾아야 살아 있는 공간이다. 따라서 공간이 제 역할을 잘 하는지 살펴보며 지속적으로 관리하고 끊임없이 변화시켜야 한다. 유기적으로 연결된 공간이야말로 정말 살아 있는 공간이다.

사용자 참여 설계와 학교 공간의 변화

사용자 참여 설계를 할 때 주의해야 할 점이 있다. 학생들의 생각을 열린 마음으로 들어야 한다는 것이다. 학생들의 표현은 어른들이 보기에는 종종 객관적이지 않고 체계적이지도 않으며 현실성도 없어서 말도 안 되는 생각이나 요구를 쏟아 내는 것처럼 보인다. 하지만 그 속에 학생들의 진심이 담겨 있기 때문에 황당하게 들리는 의견이나 요구에 대해서도 진심으로 학생들이 원하는 것이 무엇인지 마음의 귀를 기울여야 한다.

학교 공간은 오랫동안 크기나 모양에 큰 변화가 없었다. 미래학교를 꿈꾸는 지금도 대부분의 학교 공간은 비슷한 면적에 네모반듯한 모양이다. 그나마 그 네모난 틀 속에 반듯이 줄지어 앉아 있는 모습은 일부 학교들을 기점으로 조금씩 변화하고 있다. 그리고 이러한 작은 변화가 교실의 크기와 모양의 변화, 학교 공간의 변화를 요구하고 있다.

동일하고 일률적인 공간과 환경에서 학생들에게 열린 생각, 창의적인 사고를 요구하는 것은 무리가 아닐까? 학생들에게 창의적이고 열린 생각을 할 수 있도록 충분한 환경과 공간을 제공하는 것이 교사와 학교의 의무이자 교육의 의무이다.

공간 혁신
사업의 시작

일정 짜기: 시간과의 싸움

경상남도교육청 공간 혁신 사업 1기로 선정되어 사업을 추진하게
되었다. 2019년 5월 17일에 선정되어 2020년 2월 26일에 결과를
제출함으로써 마감되는 사업이었는데 사업의 담당 교사로서 전
과정을 통틀어 가장 힘들었던 점은 바로 시간과의 싸움이었다. 각
과정마다 일정한 시간을 확보해야 하는데 실무 지식이 부족하다
보니 전체적인 운영 계획서를 작성하는 단계에서 정했던 시간 계
획에 많은 문제가 있었던 것이다.

 계획을 세울 때에는 결과 제출에서부터 거꾸로 실제 필요한 시
간을 가늠해 정리하는 것이 좋다. 결과 제출을 위한 서류 작성 기
간을 고려해 시공은 마감일 전에 미리 끝내야 한다. 공사는 교육 과
정 운영에 차질이 없도록 방학을 이용해야 하는데 착공 전 입찰, 사
업자 선정, 공사 재료 계약 등을 위해 2주 가량의 시간을 더 확보해
야 한다. 해성중의 경우 이 시간을 미처 확보하지 못해 공사 기간
이 매우 짧아져 아쉬움이 있었다. 설계 과정도 최소 2개월 정도 확
보해야 하고 중간에 수정이 더해진다면 기간이 더 늘어날 수 있으

니 3개월 정도로 여유 있게 계획하는 것이 좋다. 실제로 재료나 시공 방법, 예산 등의 문제로 수시로 계획에 변동이 생겼고, 그만큼 설계 기간이 늘어나게 되었다. 동료 교사나 행정 담당자 중에 설계나 도면, 시공 등에 기본 지식이 있는 사람이 있다면 이 부분을 전담하게 하는 것도 효율적인 방법이다.

설계 이전의 단계는 사용자 참여 설계 과정으로 학교 공간 혁신 사업에서 가장 중요한 단계이다. 성공적인 사용자 참여 설계

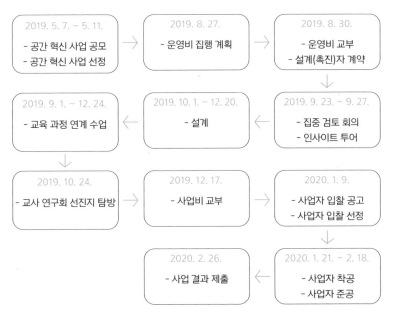

이 전개도는 지난 과정을 돌아보며 수정한 것이다. 이처럼 운영되어야 각 단계가 제대로 운영될 수 있는 최소한의 시간을 확보한 것이다.

사례를 살펴보면 교육 과정과 연계하여 사용자 참여 설계에 약 3개월에서 6개월 정도의 기간이 소요된 경우가 많았다. 해성중의 경우 그 정도의 시간을 확보하기에는 현실적으로 어렵다고 판단하여 고민 끝에 전교생, 전 교직원 그리고 희망 학부모와 함께 9월 마지막 주에 일주일간 집중 검토 회의를 진행했다. 물론 이 과정도 학생들의 변화를 이끌어 낸 의미 있는 과정이었지만 사업을 마무리한 후 되돌아보면 아쉬움 많이 남는다. 1학기부터 사업이 진행되어 공간·건축·디자인 등에 대한 기초 이해 교육을 먼저 진행했다면 학생들에게 좀 더 의미 있는 교육 활동이 되고 공간에 대한 아이디어도 더 많이 도출할 수 있지 않았을까. 하지만 이런 아쉬움이 발단이 되어 사업 이후에도 학생들이 참여하는 공간 꾸미기 수업을 교육 과정과 연계하여 진행하였고, 여러 아이디어를 도출하여 현재에도 계속해서 변화를 시도하고 있다.

함께할 전문가 구하기

공간 혁신 사업에 선정되고 마주친 또 하나의 커다란 벽은 사용자 참여 설계를 이끌어 줄 촉진자와 설계를 맡을 건축가를 구하는 것이었다. 학교가 전문가를 직접 섭외하는 것이 어렵다고 인지한 교육청은 도내에서 건축 관련 전문가를 모집하여 촉진자 연수를 진행한 후 사용자 참여 설계를 같이 할 수 있도록 지원하였다. 해성중은 지역 내 도시 재생 사업 전문가와 연결되었고 자연스럽게 이 팀과 함께 일하는 건축가가 함께하게 되었다.

사용자 참여 설계에서 촉진자의 역할이 매우 중요하다는 것은 더 말할 나위가 없다. 사업에 참여하는 순간부터 건축·설계 관련 전문가 중 교육에 관심이 있는 전문가 정보를 미리 확보하는 것이 중요하다.

공간의 변화
학생의 변화

다양한 활동을 담을 수 있는 교실

학생들은 학교에 있는 대부분의 시간을 교실에서 보내는데 그 시간이 굉장히 길다. 그렇다면 교실은 학생들이 일과의 대부분을 보내기에 적합한 공간 환경을 갖추고 있을까?

동료 교사들과 여러 가지 교육의 변화를 시도하는 과정에서 교실 속 수업의 형태는 다양하게 변하고 있지만 교실 공간은 이를 충분히 수용하지 못한다는 것을 알게 되었다. 토의·토론, 모둠 활동, 노작 활동 등 학생들이 주체적으로 배움을 일으킬 수 있는 다양한 수업이 가능한 가변적인 교실을 확보해야 했다. 그래서 복도

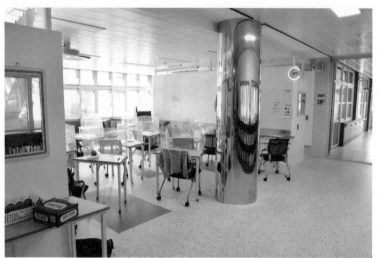

학교 공간 혁신 사업을 통해서 3학년 교실 공간은 일방향 수업만이 아닌 좀 더 다양한 활동을 담을 수 있는 공간이 되었다.

쪽 교실 벽을 허물어 공간을 확보했다. 단순히 통행 목적이나 감시·통제를 위한 삭막한 공간으로 존재했던 복도를 보다 효율적으로 활용할 수 있도록 변화시킨 것이다.

다양한 활동을 위해서는 책걸상의 변화도 필요했다. 여러 형태로 활용할 수 있도록 사다리꼴 모양의 가벼운 책상으로 바꾸고 바퀴를 달아 책상을 쉽고 편리하게 이동할 수 있도록 만들었다. 수납 공간과 책가방 걸이를 없애는 대신 교실 앞뒤 공간에 대형 사물함을 설치해 책과 학용품, 가방, 개인 의류 등을 보관하는 수납 공간으로 활용할 수 있도록 했다. 대형 사물함과 벽 사이의 공간은 너무 밀폐되지 않도록 밝은 조명을 설치했고, 교실 앞뒤 사물함의 뒷벽을 활용하여 한쪽은 칠판으로 다른 한쪽은 게시판으로 활용하도록 디자인했다. 수업이 변화하면서 다양한 수업이 가능한 칠판과 학생들의 활동 결과를 전시할 수 있는 게시 공간의 필요성이 더욱 커졌기 때문이다.

창 아래의 벽면에는 기존에 있던 작은 개인 사물함을 없애고 책장과 의자를 두어 학생들이 편히 쉬며 책을 읽을 수 있는 공간으로 조성했다. 교실 한쪽에는 소형 냉장고와 정수기를 설치해 일상생활에서의 편의를 제공하고자 했다.

이러한 작은 변화로 교실이 수업만을 위한 공간이 아니라 휴식 공간, 놀이 공간, 친구들과 인간관계를 형성하는 공간 그리고 개

개인의 생활 공간으로서의 역할도 할 수 있으리라 기대해 본다.

실천적 생활 교육의 시작, 가사 실습실

2015 개정 교육 과정에서 강조하듯이 행복 학교를 운영하면서 중
요하게 생각했던 것은 실천적 생활 능력 향상이었다. 그중에서도
기술·가정 교과와 연계하여 의식주에 대한 문제 해결 능력과 생
활 능력을 키울 수 있는 목공 실습, 가사 실습, 텃밭 가꾸기 등의

사업 이후에도 가사 실습실을 활용·관리하고 채워 나가는 실천적 생활 교육을 교과 수업 및 학생들의 학교생활
과 연계하여 진행하고 있다. 가사 실습실은 추후 상시 개방해 활용도를 높일 예정이다.

교육 활동을 주로 추진했다. 하지만 농어촌 소규모 학교의 특성상 제대로 된 목공실, 가사 실습실을 갖추지 못한 상황이었다. 집중 검토 회의에서 학생들은 가사 실습실에 대한 의견을 쏟아 냈는데 주된 내용은 깨끗하고 안전하게 요리 실습을 할 수 있는 공간, 실습한 결과를 친구들과 공유하고 함께 즐길 수 있는 공간이 필요하다는 것이었다. 이미 교실 공간에 많은 예산이 투입되어 제약이 따르는 상황이었지만 다행히 학교 내에 활용할 공간이 있어 요리 실습이 가능한 최소한의 가사 실습실을 설계하게 되었다.

가사 실습실은 친구들과 마주 보면서 실습할 수 있는 조리대 4개를 'ㅁ'자 형태로 배치하여 공간 사용을 최소화하고 원활한 공기 순환을 위해 천장에 배기 후드를 설치했다. 여기에 학교 예산을 별도로 투입하여 기본적인 조리 기자재를 갖추었다. 조리대 공간 외에도 학생들이 조리 실습 결과를 함께 즐기고 공유할 수 있는 넓은 공간을 확보하였다.

가사 실습실은 음식 공유 공간을 채우지 못한 채 미완성의 공간으로 사업을 완료해야 했지만 이후 기술·가정 시간을 활용해 학생들과 직접 공간을 꾸미고 채워 나가는 중이다. 함께 만들어 가는 과정에서 생기는 공간에 대한 애착과 자부심은 앞으로 가사 실습실을 사용하고 관리하는 과정에도 큰 영향을 미칠 것이라고 생각한다.

오롯이 학생들을 위한 공간, 옥상 정원

집중 검토 회의에서 학생들이 가장 원했던 공간은 옥상 정원이었다. 다른 구성원들은 학교 주변 경관이 이렇게 좋은데 학생들이 왜 꼭 옥상 정원을 원하는지 의아해했다. 아마도 학생들은 오롯이 자신들을 위해 마련되고 꾸며진 휴식·놀이·소통의 공간이 필요했던 것이 아닐까.

학생들은 옥상 정원에 친구들과 은밀하게 소통하고 휴식할 수 있는 외부와 차단된 공간이 만들어지길 원했다. 그래서 'ㅁ'자 모양의 화단으로 둘러싸인, 그러나 사방으로 출입이 가능한 아늑한 공간을 마련했다. 반대편에는 파고라(퍼걸러) 벤치를 두었고 가운데 공간에도 의자를 배치해 보다 많은 학생들이 이용할 수 있도록 하였다. 이 공간에서 학생들은 스스로 존중받고 배려받는 느낌을 받을 수 있을 것이다.

지속적인 변화에
대한 고민

학교 공간과 교육 과정의 연계

변화한 교실은 학생들의 주된 생활이 이루어지는 수업·학습·휴

옥상 정원은 학생들에게 휴식 공간을 제공하기 위해 조성되었지만 교육 활동 결과물 전시나 밴드 동아리 정기 공연 등에도 활용한다.

식·놀이의 공간으로, 가사 실습실은 교육 과정과 연계한 실습 위주의 공간으로 활용될 것이다. 하지만 옥상 정원은 어떻게 활용될 수 있을까? 하루 6시간의 수업 시간 중 대부분이 교육 과정에 따른 일과 시간으로 자리 잡고 있어서 그나마 학생들에게 여유가 있는 시간은 점심시간과 방과 후 시간이다. 많은 고민과 노력으로 생긴 휴식 공간이지만 활용 가능한 시간은 현재 시스템 하에서 불과 하루 1시간이 채 되지 않는 것이다.

그렇다면 일과 중 많은 시간을 차지하는 다양한 교과 활동을 이 공간과 연결해 운영하면 어떨까? 이러한 과정이 살아 있는 교육, 삶과 연계되는 교육으로 연결되지 않을까? 예를 들어 국어 시간에 옥상 정원으로 올라가서 시를 한 편 짓고 그 결과를 낭송하는 활동을 할 수 있다. 그리고 여러 교과의 교육 활동 결과물을 전시하고 함께 감상하며 감상평을 나눌 수도 있다. 가사 실습실의 경우에는 기술·가정 시간에 실습을 통해 미비한 공간들을 함께 꾸며 보는 교육 활동을 해 볼 수도 있다.

학교 공간 혁신은 학생들의 학습과 생활을 면밀히 관찰하고 연구하여 교육의 변화를 이끌어 내는 방향으로 나아가야 한다. 이러한 고민이 계속된다면 학교 교육 과정과 연계하여 학교마다 특색 있는 공간 혁신을 충분히 이어 갈 수 있을 것이다.

해성중은 학교 교육의 변화를 이끌어 내기 위해 수업을 바꾸었고, 수업의 변화를 지원하기 위한 공간은 어떤 공간일지 고민하며 현재까지 달려왔다. 이제 교실 한 칸, 가사 실습실 한 칸, 옥상 정원 하나를 구성하고 바꿨지만 점차 학교의 모든 공간을 혁신해야 한다. 공간의 변화는 곧 학교 교육의 변화로 이어지기 때문이다.

학교 공간 혁신 사업은 단순히 공간을 만들거나 꾸미고 노후된 공간을 바꾸는 것이 아니라 교육을 변화시키기 위해 적합한 공간을 지원하는 사업이어야 한다. 그리고 이러한 인식이 교육 현장에 퍼져 있어야 제대로 된 공간 혁신 사업이 이루어질 수 있다.

교육 변화의 시도, 공간 혁신의 시도는 계속되어야 한다

교육계에서 미래 학교와 미래 교육이 중요한 이슈로 대두되고 있다. 현재 우리 학교 실정에서 미래 학교는 '수업과 교육의 변화를 지원하는 공간에서 첨단의 교육 기자재를 활용하는 것'으로 간단하게 이해할 수 있다. 학교 공간 혁신 사업을 마주한 학교들은 첨단의 교육 기자재 배치를 생각하기보다 수업이나 교육 과정의 혁신을 먼저 고민해야 한다. 그것을 기준으로 공간 혁신 사업을 계획하고 그 공간들이 교육 혁신에 더욱 효과적으로 활용될 수 있도록 첨단의 교육 기자재 배치와 활용에 대해 고민하는 것이다.

물론 반드시 공간 혁신 사업이 아니더라도 교육 공동체가 생각을 모아 학교 자체적으로 조금씩 공간을 바꾸려는 노력을 할 수도 있다. 학교가 있고 교육이 계속 이루어지는 한 교육 변화의 시도, 공간 혁신의 시도는 멈추지 않고 계속 진행해야 하는 과제이다. 이러한 일련의 과정들이 차근차근 진행된다면 교육계에서 말하는 미래 학교, 미래 교육으로 한 걸음 더 다가갈 수 있을 것이다.

"일상의 대부분을 보내는 공간인 학교.
그 공간을 직접 만들어 본 경험은
학생에게 자신이 학교의 진정한 주체임을
인식할 수 있는 강렬한 경험을 제공해 준다."

—교사 이경원

공간 주체가
주인이 되는 학교 공간

강원 평창고등학교

소비자 문화에서
생산자 문화로

벤치 제작 프로젝트

어느 날 교실에 들어가니 한 학생이 돗자리를 펴고 교실 바닥에 누워 잠을 자고 있었다. 그 모습이 안쓰럽기도 하고 걱정이 되기도 해 학생들에게 물었다. "교실에 있었으면 하는 것이 무엇인가요?" 학생들은 교실 뒤편에 눕기도 하고 여럿이 앉아 이야기도 나눌 수 있는 벤치가 있었으면 좋겠다고 답했다. "그럼 여러분이 만들면 되죠." 학생들은 당황한 표정을 지으며 "그게 가능해요? 선생님들이 허락 안 하실걸요."라며 벤치를 만들 수 없는 이유를 늘어놓았다. 그런 학생들에게 그래도 한번 해 보겠느냐고 다시 물으니 학생들은 흔쾌히 해 보겠다고 말했다. 아마도 자신들에게 그 벤치가 절실히 필요했기 때문이었을 것이다.

물론 학생들의 작은 도전에는 설렘뿐만 아니라 불안감도 함께했다. 학생들에게는 불안감을 해소하고 의견을 표현할 수 있는 기회가 필요했다. 학생들에게 직접 참여할 수 있는 기회를 주고 싶어 스스로 필요하다고 생각하는 물건이라면 완제품을 사는 것이 아니라 직접 재료를 구매해 만들어 보는 것이 어떻겠냐고 제안했다. 학생들은 내 의견에 흔쾌히 동의했고 재료 구매부터 제작까지 프로젝트의 전 과정을 즐기며 참여했다.

이렇게 만든 벤치 두 개가 가져온 변화는 예상보다 컸다. 학생들은 돗자리, 쿠션 등을 활용해 벤치를 스스로 꾸미고 관리했다. 무엇보다 긍정적이었던 것은 이 과정을 거치며 학생들 간의 대화가 많아지고 표정도 밝아져 학급 분위기가 이전보다 좋아졌다는 점이다.

학생들에게 직접 벤치를 만들어 본 소감을 물으니 '휴식의 질이 높아졌다.' '대화가 많아졌다.' '편히 누울 수 있어서 좋았다.' 등의 답변을 주었다. 그중에서도 가장 큰 울림을 준 답변은 '친구와 대화가 많아졌다.'는 이야기였다. 같은 학급이지만 이야기를 나눠 본 적 없던 친구와 쉬는 시간에 벤치에서 마주치며 친해졌다고 한다.

다음은 벤치 제작 프로젝트가 미친 영향이 무엇인지 알아보기 위해 학생들에게 물어보고 받은 답변이다.

○ "벤치 배치 전과 후를 비교했을 때 눈에 띄었던 것은 평소 수업 시간에 많이 졸던 친구가 쉬는 시간에 그 위에서 쪽잠을 자고 수업 시간에는 수업에 더 집중하게 된 것이다. 학급을 이처럼 긍정적으로 변화시킬 수 있는 또 다른 방법이 있을지 생각하는 시간이 늘어났다."

○ "가장 크게 미친 영향은 교실 분위기가 바뀐 것이다. 교실 뒤에 벤치가 생기니 예전보다 이야기를 많이 나눌 수 있는 환경이 조성되어 반 친구들과 친밀감을 높일 수 있었다. 긍정적인 프로젝트였고 다른 학교에서도 시행하면 좋겠다는 생각이 들었다."

○ "벤치를 완성해서 교실 뒤에 놓아둔 뒤로 친구들이 쉬는 시간마다 그곳에 모여 친해지는 모습을 봤다. 누울 수도 있어서 가끔 점심이나 저녁 시간에 그곳에서 자는 친구들도 있었다. 만들기 전에 비하면 확실히 휴식의 질이 높아진 듯하다."

○ "이번 프로젝트로 조그마한 변화로도 분위기가 바뀔 수 있다는 것을 느꼈다. 벤치가 생기면서 쉬는 시간에 많은 친구들이 벤치로 모이게 됐고 자연스럽게 친구들끼리 대화가 많아져서 친구들과 좀 더 가까워지는 느낌이 들었다."

○ "이런 활동을 계속했다면 우리가 원하는 대로 되길 학교에 바라기만 하는 것이 아니라 우리가 원하는 모습으로 학교를 직접 바꿀 수 있지 않았을까 후회가 된다. 맨날 학교가 변하길 바라면서 정작 우리부터 변화할 생각을 못했다니 참 아이러니하다."

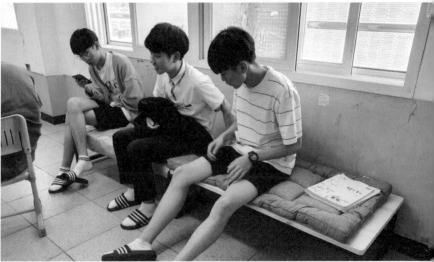

벤치 제작 프로젝트에서 학생들은 필요한 재료를 골라 주문한 후 직접 다듬고 조립했을 뿐만 아니라 완성품을
교실 빈 공간에 비치하는 것까지 직접 했다.

제공되는 지식을 소비하고 제공된 환경에 수긍하며 살아가는 것은 '소비자 문화'이다. 교실에 본인들이 사용할 벤치 하나를 만드는 작은 프로젝트였지만 학생들은 자신들이 직접 생각하여 스스로에게 필요한 새로운 환경을 만들어 냈다. 이것은 '생산자 문화'이다. 생산자 문화는 단순한 환경적 생산을 넘어 새로운 관계를 만들고 지속적인 스토리(생산)를 이어 가는 것 모두를 의미한다. 학생들이 생산자 문화를 경험할 수 있었던 것은 이 모든 것이 학생들의 자발적 참여에서 비롯되었기 때문이다.

주인을 주인답게 하는 공간 변화

벤치 제작 프로젝트를 통해 알게 된 학교 공간 변화의 첫 번째 열쇠는 학생들이 느끼는 필요성이었다. 그 필요에 관심을 가지고 기회를 만들어 주니 학생들의 생각이 변화하고 자발적 참여가 생겨났다. 공간의 '진짜 주인'으로 자리매김하는 도전이 시작된 것이다.

두 개 학급의 벤치 제작 프로젝트를 진행하면서 한 가지 실험을 했다. 또 다른 두 개 학급에는 완제품 벤치를 제공한 것이다. 학생들이 직접 제작한 것에 비해 품질이 더 좋은 벤치였다. 학급 분위기의 차이는 있겠지만 완제품을 제공한 학급의 벤치는 얼마 못 가 훼손되었다. 일부 학생들은 벤치가 자신들을 위해 제공된 것조차 인지하지 못했고 전체적인 활용도도 떨어졌다.

어떤 차이일까? 나는 이것을 '손님'과 '주인'의 차이라고 생각한다. 공간에 대한 문제를 찾고 변화를 위한 해결 방법을 안다고 해도 공간의 주체가 되는 사람의 생각과 고민 그리고 그 사람의 실천이 동반되지 않는다면 공간 주체는 여전히 그 공간의 주인이 아닌 손님일 뿐이다. 손님은 스스로 공간의 변화를 만들어 내지 못하고 누군가에게 허락을 받거나 불편한 점에 대해 요구만 할 수 있다.

학교 공간의 변화를 시도할 때는 학생, 교직원, 학부모 등 공간 주체를 손님으로 두어선 안 된다. 주체의 필요에 따라 자발성을 이끌어 내고 이들의 생각과 참여로부터 공간의 변화가 시작되어야 한다. 참여 없이 주어진 공간은 주체들의 성장 공간이 아닌 점검과 관리의 대상으로 누군가의 업무가 될 뿐이다. 학교에서의 공간 변화란 공간 주체가 스스로 문제를 찾고 해결해 나가는 변화의 과정이 스토리로 만들어지고, 그 공간에서 또 다른 스토리가 만들어지는 진행형이 되어야 한다.

두 개의 교실에서 벤치를 만들고 활용해 본 학생들은 '하면 된다.'라는 생각을 얻었다. 그리고 다른 교실의 학생들도 이 변화를 보고 '우리도 하고 싶다.'라는 의견을 표현했다. '마음 열기'가 된 것이다.

수학 교실
DIY 프로젝트

새로운 도전

'벤치 제작 프로젝트'를 진행한 경험을 바탕으로 학생들과 교사들은 '수학 교실 DIY 프로젝트'라는 좀 더 큰 도전을 시작했다. '할 수 있을까?' '허락해 줄까?'라는 질문은 사라지고 '해 보자!'라는 생각을 먼저 하게 된 것이다. 가장 최근에 리모델링한 교실이지만 관리를 잘하지 못해 방치되었던 수학 교실이 그 대상이었다.

기존의 교과 교실을 변화시키는 것은 쉽지 않은 일이다. 어떤 교사의 비전이 있어도 교육 과정에서 제시한 것이 아니라면 쉽게 도전하기 힘들다. 그래서 무엇보다 함께할 동료 교사가 필요하다. 평소 공간 활용이나 꾸밈에 관심이 많은 교사와 학생들과 종종 공간 활용 수업을 하는 교사에게 먼저 프로젝트를 제안했다. 학교 공간에 관심이 있는 교사 5명이 모여 약한 연결 고리를 만들고 서로 응원과 지지를 보내며 프로젝트를 진행할 수 있는 분위기를 만들었다. 그리고 공고를 내어 프로젝트에 함께할 학생을 모집했고 총 24명이 모였다.

기존의 수학 교실은 관리가 되지 않아 수업을 진행하기엔 어수선한 환경이었고 일부 학생들의 전유물이 되어 있었다.

학교 구성원 모두의 공간을 만드는 법

자발적으로 참여한 덕분인지 학생들은 스스로 회의를 진행하고 다양한 자료를 찾아 정리하기 시작했다. 그리고 수학 교실이 어떻게 바뀌었으면 하는지 희망을 담은 보고서를 빠르게 작성해 제출했다. 두 번째 모임도 서둘러 진행이 되었고 학생들은 세 번째 모임에서 발표를 하고자 계획하고 있었다.

정말 기특한 일이지만 한편으로는 걱정이 되었다. 수학 교실 DIY 프로젝트는 프로젝트팀만을 위한 공간을 만드는 것이 아니었기 때문이다. 학생들에게 발표를 보류하도록 하고, 세 번째 모임은 내가 직접 진행하겠다고 전한 후 과제를 주었다. 2주간 수학 교실을 이용하는 사람들의 행동, 활용 모습, 시간대별 이용 현황 등을 관찰하라는 것이었다.

학생들은 자료 조사와 변화될 교실의 모습을 담은 보고서까지 다 작성했는데 발표를 듣지도 않고 과제를 받게 된 것에 많은 불만을 표현하였다. 그런 학생들에게 가장 최근에 리모델링한 교실이면서도 관리가 되지 못한 수학 교실의 현재 모습을 이야기하며 "왜 그럴까요?"라는 질문을 던져 봤다. 그리고 이 프로젝트는 모든 학교 구성원에게 필요한 공간을 만드는 과정이라는 설명을 덧붙였다. 프로젝트 팀만의 생각으로 진행된다면 다른 구성원들에게는 잠시 좋은 공간으로 존재하다 결국 다시 방치될 수 있다는 사실을 지난 경험을 통해 알 수 있도록 했다.

덧붙여 학생들에게 진짜 이 공간이 필요한 이유를 함께 찾아보자고 말했다. 보다 객관적인 기록을 위해 2주간 매일 하루 10개씩 관찰 일지를 작성하도록 권하고 2주 후 서로의 관찰 일지를 교환해 보며 함께 분석하는 시간을 가졌다. '왜 그런 행동이 나올까?' '왜 그렇게 사용할까?'라는 질문을 던지며 학교 구성원이 진짜 원하는 수학 교실은 어떤 모습일지 논의를 이어 갔다.

공간 만들기는 '공감'의 과정

관찰 일지를 분석하니 '수업과 과제에 지쳐 누워서 쉴 수 있는 공간이 필요하다.' '수행 평가나 동아리 활동을 하거나 다른 학급 친구들과 자유롭게 떠들며 이야기할 공간이 필요하다.' '모둠 활동을 하기에 교실 책상은 너무 불편하다.' '노트북과 휴대 전화를 활용한 수업이 어렵다.' 등의 이야기가 많이 나왔다.

행동 패턴 분석을 통해 학생들은 쉼과 모둠 활동, 수업 활동이 가능한 공간은 어떤 모습인지 생각을 계속 이어 갔다. 눕거나 앉아서 서너 명이 떠들 수 있는 공간, 낙서할 곳이 많은 공간, 푹신한 소파가 있는 공간 등 편히 휴식할 수 있는 쾌적한 공간에 대한 아이디어가 많았다.

그러던 중 학생들은 스스로 자신들의 아이디어가 너무 휴게 목적에만 치우친 것 같다고 판단하고 수업 공간과 휴게 공간 모두를 담아 내기 위해 다시 고민을 거듭했다. 하지만 학생들은 자신들의 배경지식만으로는 공부와 쉼이라는 상반된 개념을 연결하기 어려워했다. 나는 경계를 두지 말고 생각해 보자고 독려하며 프로젝트에 함께하는 주체로서 혁신적인 공간 사례들을 공유하고 아이디어를 내기 시작했다. 정답과 명확성 그리고 목적에 익숙했던 학생들은 다양한 사례를 접하며 공부와 쉼이 분절이 아닌 공유될 수 있다는 것을 알고 융합 지점을 찾아 다시 아이디어를 다듬어 갔다.

학생들과 관찰 일지를 분석하고 아이디어를 만들어 가면서 가장 인상적이었던 순간은 학생들의 입에서 '공감'이라는 단어가 나왔던 때였다. 학생들은 다른 학생들의 행동과 마음을 이해하고 공감하는 과정을 거쳐야 모두를 위한 공간을 만들 수 있다는 것을 이 프로젝트를 통해 자연스럽게 깨달았다. 걱정이 감동으로 변하는 순간이었다. '우리만의 공간'에서 '모두의 공간'으로 나아가는 수학 교실 만들기가 시작된 것이다.

아이디어 구체화하기

쉼과 수업의 만남이 이루어질 공간에 대한 아이디어가 어느 정도 정리되자 구현 가능성을 판단할 수 있도록 프로토 타입 제작을 제안했다. 그리고 수학 교실을 이용할 학생과 교사를 대상으로 인터뷰와 설문을 통해 피드백을 받도록 했다. 이 피드백을 반영하여 수정된 프로토 타입을 다시 제작했다. 하지만 모든 과정이 순조롭지만은 않았다. 학업과 과제만으로도 빠듯한 일상에 지친 학생들에게 교육 과정에 포함되지 않은 활동을 하는 것은 쉬운 일이 아니었기 때문이다. 프로젝트팀은 방과 후 시간을 따로 내어 가며 프로젝트를 이어 가야 했다.

학생들이 어렵게 시간을 내 한 땀 한 땀 짜낸 아이디어였기 때문에 건축 분야의 비전문가인 나의 피드백은 오히려 상처가 될 수 있었다. 전문가의 피드백이 필요한 시기가 온 것이다. 건축적인 의견만 제시하지 않고 학생들의 이야기와 그들이 거쳐 온 프로젝트 과정에 공감하고 프로토 타입의 실현 가능성과 대안을 제시해 줄 전문가를 섭외했다. 전문가와 학생들의 만남이 있기 전에 미리 전문가를 만나 장기 프로젝트에 지친 학생들의 이야기를 먼저 들은 후이 프로젝트의 중요성을 다시 짚어 달라고 부탁했다.

학생들은 수정된 프로토 타입을 발표하고 해당 공간의 필요성과 학생들이 원하는 공간의 모습에 대해 전문가와 이야기를 주고받았다. 함께 현장을 방문하고 점검하는 과정에서는 보다 현실적인 피드백을 받을 수 있었다. 학생들은 프로토 타입을 수정·보완하고 전문가와 꾸준히 소통하며 최종안을 만들었다.

이후 최종안을 기반으로 앞으로 구현될 가상의 수학 교실에 대한 발표 자료를 만들고 교직원과 학생 대상으로 각각 공개 발표회를 가졌다. 이러한 프로젝트 공유 과정을 거치며 학교 구성원의 우려와 의구심을 구현 가능한 희망으로 변화시킬 수 있었다.

사용자가 참여하는 공간 구현

시공 과정에도 프로젝트팀 학생들이 직접 참여했다. 위험하거나 전문적인 기술이 필요한 부분은 전문가에게 맡겨야 했지만 소가구 제작이나 벽면 도색, 글귀 작업 등에는 학생들이 직접 참여할 수 있었다. 전문가는 공간이 학생들의 계획과 다르게 구현될 때면 현장에서 바로 학생들의 의견을 적극 반영해 수정해 주었다.

시공이 마무리된 후 학생들은 프로젝트의 전 과정을 담은 영상을 제작하고 오프닝 행사를 기획해 교직원과 다른 학생들을 초대하는 행사를 진행하였다.

누구나 오고 싶고,
올 수 있는 공간

수학 교실에 찾아온 변화

프로젝트 후 수학 교실은 누구나 오고 싶어 하는 공간이 되었다. 이전의 수학 교실은 일부 모둠이나 일부 학년의 학생들만 주로 사용해 다른 학생들은 가기 어려운 비효율과 선점의 공간이었다. 하지만 프로젝트가 끝난 후에는 교사, 학교를 찾는 손님, 다양한 학년의 학생들 등 이질적인 집단이 함께 활용한다. 이름은 여전히 수학 교실이지만 역사·사회·과학 등 다양한 수업 활동이 진행되고 때론 융합 수업을 하기도 한다. 쉬는 시간이나 점심시간, 방과 후 시간 등에는 피곤할 때 쉬러 오거나 친구들과 수다를 하기 위해 수학 교실을 찾는다.

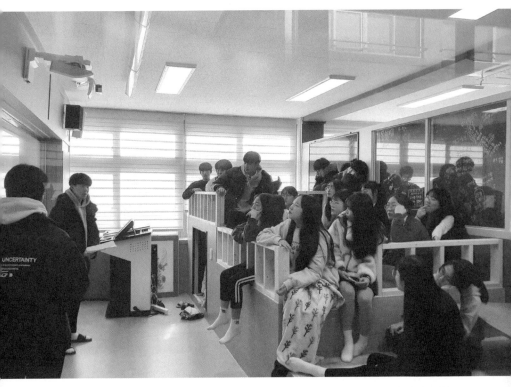

수학 교실의 한쪽 벽면에는 대형 칠판이 설치되어 있다. 이곳에서 교사와 학생들은 과목에 구애받지 않고 다양한 수업을 진행한다.

학습과 쉼, 단체와 개인이 공존하는 공간

수학 교실은 한 칸이라는 제약이 있었지만 강화 유리를 활용해 공간을 두 개로 분리했다. 수업이 진행될 때는 학생들이 계단에 앉거나 투명한 유리를 통해서 선생님의 수업을 들을 수 있다. 선생님의 설명이 끝난 후에는 각 모둠별로 흩어져 편안한 자리에서 모둠 활동을 진행하고 다시 전체적인 학습이 필요할 때는 쉽게 모일 수 있도록 공간을 설계하였다.

학생들이 가장 원했던 것은 앉을 수도 있고 누울 수도 있는 공간이었다. 3단 형태로 계단식 공간을 마련했는데 계단 위의 공간은 다양한 그룹들이 활용하고 계단 밑에 만들어진 작고 아늑한 공간은 몇몇 학생들이 모여 자기들만의 이야기를 하거나 누워서 휴식을 취한다. 이 공간을 마련할 때 교사들은 1단의 둥근 평상 형태로 만들자는 의견을 냈지만 학생들의 적극적인 의견 제시로 3단 형태의 공간이 완성되었다. 이후 공간을 활용하는 모습을 보니 학생들이 3단 형태를 강하게 주장한 까닭을 이해할 수 있었다. 하나의 평상이라면 한 모둠이 먼저 자리를 차지할 경우 다른 모둠이 앉기 힘들지만 3단으로 구성되어 있으니 이질적인 여러 집단이 동시에 이용할 수 있었던 것이다.

계단식 공간 옆으로 설치한 강화 유리는 공간을 구분해 주는 역할도 하지만 롤 커튼을 내리면 흑색 보드처럼 사용할 수 있어서 필요에 따라 유리 마커를 이용해 판서를 할 수도 있다.

강화 유리의 반대편 공간은 카페 형태로 구현했다. 목재와 조명을 활용해 편안한 분위기를 연출했고 블랙보드, 충전기, 필기구를

◆ 카페형 공간에는 강약 조절이 가능한 조명, 블랙보드와 필기구, 스마트 기기 충전기 등을 비치하여 편의성을 높였다.

◆◆ 창가 쪽 공간은 개인 공간으로 구현했다. 학생들이 창밖을 내다보며 혼자만의 사색 시간이나 독서 시간을 가질 수 있도록 편안한 1인용 소파와 쿠션을 비치했다.

비치해 공간의 편의성을 높였다. 이 공간은 휴식을 위해 활용되기도 하지만 교사와 학생의 상담실, 모둠 활동의 공간으로도 쓰인다. 이 외에도 창가 쪽 좁은 공간은 사색·독서 등을 위한 개인 공간으로 활용할 수 있도록 소파를 비치했다.

'교사의 확신'과
'쓰러질 수 있는 기회'

공간의 주인이 되어 보는 경험

수학 교실 DIY 프로젝트는 1개월 과정으로 계획하고 시작했지만 공간 구현까지 총 6개월의 시간이 걸렸다. 긴 시간 동안 많은 어려움이 있었지만 학생들은 자신들의 의견이 반영되는 과정을 보며 힘을 얻었고 완성까지 함께할 수 있었다.

이 학생들은 지금도 자신들의 손길이 닿은 수학 교실을 유지·관리하기 위해 스스로 노력하고 있다. 시간표를 붙여 사용 신청을 받고 정기적으로 청소를 한다. 그리고 수학 교실을 그 옆과 앞 공간까지 연결된 융합 공간으로 만들기 위한 상상을 계속 이어 가고 있다. 이 학생들을 보며 스스로 주체가 되어 변화에 참여했던 공간은 그 주체가 공간의 주인이 되는 경험을 할 수 있게 한다는 것을 여실히 느낀다.

　이 프로젝트는 교사인 나에게도 큰 의미가 있었다. 낯선 학생들과의 프로젝트였지만 많은 이야기를 나누면서 학생들의 생각과 고민을 읽을 수 있었기 때문이다. 그리고 무엇보다 학생들이 단순히 생색 내기나 스펙 쌓기가 아니라 다른 학생들의 이야기에 귀기울이고 함께 사용할 사람들의 공감을 얻기 위해 노력하는 모습 그리고 '우리가 이 공간의 주인이다.'라는 이야기를 만들어 가는 모습을 보며 교사로서 큰 감동을 받을 수 있었다.

교사들의 도전 '회의실 리모델링 프로젝트'

교사들 사이에서도 변화가 일어났다. '회의실 리모델링 프로젝트'를 시작하게 된 것이다. '수학 교실 DIY 프로젝트'로 공간 변화의 가능성을 현실로 마주한 이후 교직원 회의에서 한 교사가 회의실을 바꿔 보면 좋겠다는 희망을 밝혔다. 나는 함께 회의실을 변화시킬 교사를 모집해 보자고 제안했고 그 결과 10명의 교사와 행정실장의 참여로 모임이 만들어졌다. 공간에 대한 생각, 요구, 방식에 대해 다양한 대화가 오가며 점점 상상 속의 공간이 구체화되었다. 이렇게 시작한 '회의실 리모델링 프로젝트'는 지금도 현재 진행형이다. 교사들은 스스로 느리지만 꾸준하게 우리의 공간을 변화시켜 나가고 있다.

교사들이 스스로 공간의 변화를 만들었다는 것 외에도 이 프로젝트에는 특별한 의미가 있다. 공간에 대한 이야기뿐만 아니라 학생 이야기, 교육과 수업에 대한 고민, 여러 가지 희망 사항 등에 대해 자유롭게 대화를 나눌 수 있게 된 것이다. 담당 부서라는 보이지 않는 명찰을 달고서 외롭게 업무를 추진하던 예전과는 사뭇 다른 문화이다. 전체 교사의 40%가 모임에 참여했고, 참여하지 않은 교사들도 희망 사항을 간접적으로 전해 왔다. 학교의 일이 남의 일이 아닌 우리의 일이 되는 순간이었다. 학생들이 그랬던 것처럼 교사들도 공간 주체로서 우리들의 공간을 직접 만들어 가는 '주인이 되는 문화'를 경험하고 있는 것이다.

생산자 문화를 만들기 위해 필요한 것

학교 공간은 학년, 학급 등을 나누고 관리·통제하는 데 익숙한 공간이다. 학교 안에서 학생은 제공된 지식을 습득하는 것에 익숙하고, 교사는 학생들이 온전한 아스팔트 길만 걷기를 희망한다. 이런 학교 안에서 학생들은 결국 소비적인 문화만을 접하게 된다.

생산자 문화를 만들기 위해 필요한 것은 '쓰러질 수 있는 기회'이다. 쓰러져도 낙인찍지 않고 다시 일어설 수 있도록 힘을 북돋아 주는 문화가 필요하다. 하지만 아이러니한 것은 교사에게도 그런 경험이 없다는 사실이다. 그래서 생산자 문화를 만들기 위해 가장 필요한 것은 '교사의 확신'이다. 학생들을 위한 것이라는 교사의 확신이 있고 학생들에게 실패하고 쓰러질 수 있는 기회가 주어졌을 때 학교 안에서 생산자 문화가 만들어질 수 있다.

일상의 대부분을 보내는 공간에서 존재 자체로서 '존중받음'을 느낄 때 학생들은 비로소 도전을 시작할 수 있다. 그리고 그 공간을 직접 만들어 본 경험은 자신이 학교의 진정한 주체임을 인식할 수 있는 강렬한 경험을 제공한다.

학생들에게 먼저 질문을 던져 보자. "어떤 공간이 있으면 좋겠어요? 그 공간이 어떻게 도움이 될 것 같나요? 그렇다면 직접 해 볼 수 있는 것은 무엇일까요?" 학생들에게 물어보고 답을 들으며 함께 대화하다 보면 생각했던 것보다 훨씬 더 쉽게 방향을 찾을 수 있을 것이다. 많은 교사들이 내가 느낀 감동을 받아 볼 수 있게 되기를 바란다.

2부

학습의 변화·
공간의 변화

"아무리 멋진 공간이라도 학습의 형태는 바뀌지 않을 수 있고,
공간 혁신이 일어나지 않은 평범한 교실에서도
수업의 변화는 일어날 수 있다.
중요한 건 '우리의 생각'이 바뀌어야 한다는 것이다."

— 교사 권미나

공간이
수업을 바꾼다

전북 전주교대 전주부설초등학교

공간 혁신으로
혁신 학교의 첫걸음을 내딛다

공간 혁신의 시작

전주교대 전주부설초는 전주교대의 협력 학교이다. 예비 교사 양성
에 관한 협력뿐만 아니라 초등 교육의 다양한 연구 결과를 함께 적
용해 보고 방향을 만들어 가는 역할을 한다. 2019년 11월 국립 초등
학교 최초로 혁신 학교에 지정되었고 '배움은 행복한 일어서기이며
가르침은 함께 성장하기이다.'라는 목표 아래 '아이를 닮은 우리를
담은 학교'를 만들기 위해 학생, 교사, 학부모, 지역 사회가 함께 노력
하고 있다.

  혁신 학교에 지정된 후 교육부에서 주관하는 공간 혁신 설명회
에 참여했다. 이때 국립 학교의 공간 혁신은 '교육을 지원하는 미래
학습 환경의 선도 모델로서 교사와 학생이 주도적으로 참여하고

학교 구성원과 민·관·학이 함께 만드는 미래 교육 공간 조성 사업'
이라는 설명을 들을 수 있었다.

교육부에서 제시한 국립 학교 공간 혁신의 방향은 전주교대 전
주부설초가 지향하는 바와 비슷했다. 학교 공간 혁신이 혁신 학교
의 촉진제로서 큰 도움이 될 것이라는 판단이 들어 사업에 지원해
선정되었다.

교육 공동체
의견 수렴하기

수업의 변화를 위한 공간 혁신

사업에 선정된 후 가장 먼저 한 것은 기존의 학교 공간 혁신 사례를
살펴보는 것이었다. 주로 놀이·휴식·소통을 위한 공간 변화가 많
았다. 하지만 전주교대 전주부설초에서는 놀이·휴식·소통보다는
공간 변화를 통한 수업의 변화를 목표로 정하고 사업을 진행했다.

'공간이 어떻게 수업을 변화시킬까?' 이 모호한 질문에 대한 답
을 찾기 위해 학생, 학부모, 교사 그리고 지역 사회 등 교육 공동
체가 함께 모여 논의를 시작했다.

학생·교사·학부모·지역 사회의 의견 수렴하기

먼저 학생에게는 이해를 돕기 위해 앞서 학교 공간 혁신 사업을 진행한 다른 학교의 영상과 자료를 보여 주고 공간 수업의 형태로 이야기를 나누었다. 그리고 학년별 의견 나눔판을 마련하여 학생들이 학교 공간에 대한 질문, 답변, 바람 등을 자유롭게 적도록 했다. 자신의 생각을 적으며 다른 사람이 적은 내용을 함께 살펴볼 수 있어서 서로의 의견을 자연스럽게 공유할 수 있었다.

5학년은 별도의 공간 혁신 프로젝트를 운영했다. 이 프로젝트를 통해 학생들은 보다 깊이 있게 학교 공간을 고민하고, 그 고민을 바탕으로 아이디어를 낼 수 있었다. 특히 '공간을 상상하고 발표하는 활동'을 통해 학생들이 제안한 아이디어는 공간 혁신 사업을 진행하는 데 큰 도움이 되었다.

학부모에게는 설문을 실시하고, 별도의 의견 나눔판을 만들어 의견을 수렴했다. 이렇게 모인 의견을 바탕으로 학부모 대상 교육 공동체 공간 혁신 설명회를 개최해 한 번 더 의견을 듣는 시간을 가졌다.

수업의 변화를 위한 공간을 만드는 데는 누구보다도 수업을 이끌고 설계하는 교사의 의견이 무척 중요하다. 교사의 의견 수렴을 위해 공간 혁신 교사 위원회를 만들었고, 공간 혁신에 관련된 도서를 함께 읽으며 공부하는 시간을 가졌다. 무엇보다 공간 혁신의

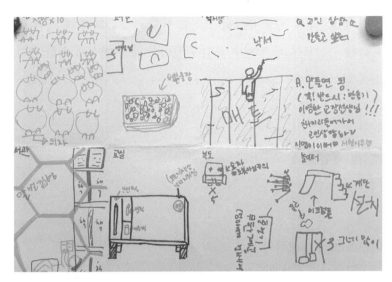

이 그림은 어린이 자치회 활동으로 공간 혁신 토의·토론을 진행하며 학생들이 직접 그린 것이다. 학생들은 자발적으로 관련된 활동을 하며 학교의 주인 역할을 톡톡히 해 냈다.

목적이 수업의 변화에 있었기 때문에 주로 수업에 필요한 공간이나 기존 공간의 불편한 점은 무엇인지에 초점을 맞춰 문제를 해결하는 형식으로 협의를 진행했다.

마지막으로 학교가 함께해야 할 공동체 중 하나인 지역 사회의 의견을 물었다. 학교의 다양한 운영 방식에 대해 지역 사회의 의견을 듣는 것은 학교 공간을 지역 사회와 공유하고, 학교도 지역 사회의 구성원이라는 것을 학생들이 느낄 수 있다는 측면에서 중요하다. 전주교대 전주부설초에서는 주변에 있는 전주 한옥 마을,

전주 향교, 국립 무형 유산원 그리고 서학 예술촌과 함께 지역 인프라를 구성하여 직접 해당 공간을 찾아가 공간 혁신에 대한 의견을 수렴했다.

함께하기 위한 디딤돌 놓기

비전과 방향 설정하기

학생, 학부모, 교사, 지역 사회와 의견을 나누며 전주교대 전주부설초만의 학교 공간 혁신 비전을 만들 수 있었다. '배움과 삶, 사람 그리고 지역 사회를 연결하는 학교 공간 혁신 사업 추진'이라는 비전이었다.

비전을 세운 다음에는 이 비전에 맞는 로드 맵과 공간 혁신의 방향을 설정했다. 로드 맵은 크게 세 단계로 나눌 수 있는데, 2019년은 학교 공간 혁신 실현을 위한 준비 단계, 2020~2022년은 학교 공간의 혁신적 도약 단계, 2023년부터는 미래 학교 공간 모델을 제시하고 확산하는 단계이다.

비전을 좀 더 구체화하여 공간 혁신의 방향은 네 가지로 정했다.

○ 배움을 여는 공간: 교육 과정과 연계된 교실과 복도, 조사 탐구 및 창작을 위한 공간, 자기 주도적 학습을 위한 공간, 학습 과정을 공유하는 전시 공간

○ 삶을 담는 공간: 계절별 놀이 활동, 끼를 발산하는 표현 공간, 나를 찾아가는 공간, 동식물과 공존하는 공간

○ 사람을 품는 공간: 공감 및 소속감을 키울 수 있는 만남의 공간, 관계 형성을 위한 공간, 함께하는 공간, 교육 구성원 자치 실현

○ 지역으로 확장하는 공간: 한옥 마을과 통일성을 갖는 학교 디자인, 학교 주변 문화 예술 인프라 활용 공간, 지역 사회에 개방할 수 있는 공간

비전과 방향 설정은 학교 공간을 재구조화는 데 큰 도움이 되었다. 교실, 복도, 특별실 등으로만 여겨졌던 공간에 의미와 스토리를 부여하면서 단순히 남이 만들어 준 공간을 사용하는 것이 아닌 공간의 주인으로서 '공간 주권'의 의미에 더 다가가게 된 것이다.

원칙 세우기

학교 공간 혁신을 시작하기 위해 가장 중요한 요소는 바로 '상상'이다. 상상은 고정 관념을 깨는 데 큰 도움이 되기 때문이다. '교실에 교사의 책상이 없다면?' '교실의 문을 활짝 열고 수업을 한다면?' 등 사고의 유연성을 발휘해 기존의 틀을 깨고 평소에 해 보지

않은 것에 대해 상상하는 것, 그것이 바로 공간 혁신의 시작이다.

하지만 상상력을 발휘하다 보면 서로 이견이 발생하기 마련이다. 가치관과 철학이 다른 학교 구성원들은 같은 공간을 보고도 다른 것을 상상하고, 추구하는 바도 다르기 때문이다. 구성원 간의 동상이몽을 해결하기 위해서는 모두가 동의하는 '원칙'이 필요하다. 공간을 변화시키려는 이유가 무엇인지를 다시 떠올리며 의견이 엇갈릴 때 판단의 기준이 될 세 가지 원칙을 세웠다.

첫 번째 원칙은 '공간의 유연성'이다. 교실, 복도, 학년 자료실, 수업 연구실 등을 분리해서 생각하기보다 좀 더 유연하게 사용할 수 있도록 바꿔 보는 것이다. 두 번째 원칙은 '공간의 다목적성'이다. 각 공간을 하나의 목적이 아닌 다양한 수업과 학교 활동에 활용해야 한다는 것이다. 세 번째는 '디자인 콘셉트'이다. 지역 사회의 특성을 살려 학교 공간을 디자인하기로 원칙을 정했다.

공간 선정하기

학교 구성원들이 함께 비전과 방향을 세우며 서로의 지향점이 같다는 것을 확인하고 진행을 위한 원칙을 정리하니 협의에 합의점이 생기기 시작했다. 공통된 의견을 바탕으로 먼저 변화를 시도하고자 하는 공간 여섯 곳을 선정했다.

○ 배움마루(5학년 수업 공간): 미래 핵심 역량을 길러 내는 배움의 공간

○ 상상나래마당(3학년 앞 외부 공터): 상상의 나래로 문화 예술을 실현하는 공간

○ 재미놀이장(강당 아래 위치한 1~2학년 실내 공간): 1~2학년 학생 대상 놀이 공간

○ 전주부설사랑채(교문 쪽 정원): 학교 공동체와 지역 사회의 소통과 만남의 공간

○ 달팽이 쉼터(달팽이 계단 아래 공간): 학생이 주인이 되는 학생 자치 실현 공간

○ 뒤뜰마당(5학년 교실 앞 외부 나무 정원): 자연과 벗하는 친환경 실현 공간

그중 5학년 교실 3개와 수업 연구실, 참관실, 수업 영상 제작실, SW 구현 교실, 프로젝트가 가능한 넓은 복도로 구성된 '배움마루'를 1순위로 선정하였다. 여기에는 세 가지 이유가 있다. 우선 수업 연구실과 참관실은 교사와 예비 교사들의 수업 연구 공간 및 동료 장학, 공개 수업 진행 장소 등으로 활용되기 때문이다. 이 공간의 변화를 통해 더 다양한 수업의 형태를 만들고 시도하며 수업 혁신을 도모할 수 있을 것이라 생각했다. 두 번째 이유는 저학년보다는 고학년이 생활하는 공간의 변화가 학교 전체의 변화로 확산되는 데 좀 더 효과가 있을 것이라고 판단했기 때문이다. 세 번째는 학생들이 끼를 발산할 수 있는 복합 문화 예술 공간을 조성하기 위함이었다. 3개의 교실과 수업 연구실을 복도까지 확장하여 공연 무대나 전시 공간 등으로 활용하고자 했다.

배움마루
둘러보기

배움마루의 지향

배움마루는 새로운 학습 환경 조성과 학교 공간 재구조화를 통한
개방형 열린 수업 공간을 지향한다. 그리고 모든 학급 및 학년군이
함께 사용하는 복합 공간으로 조성하고, 미래 사회에 대비해 정보 고
도화 설비를 하여 SW/AI 교육을 활성화할 수 있도록 구현했다. 또
한 전주 한옥 마을 등 인접 지역의 특성을 살려 학교 공간에 한옥

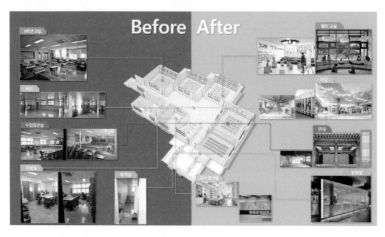

배움마루 공간을 어떤 형태로 구현할지 논의할 때 변화 전후 모습을 비교해 볼 수 있도록 직관적으로 표현한 그림으로, 변화 후의 이미지는 예시 자료를 사용하였다.

의 디자인을 결합하고 공간의 이름에도 그 특성을 반영해 과거와 현재, 미래를 지역 사회와 함께 공유할 수 있는 공간으로 조성하고자 했다.

5학년 교실을 열린 교실로

총 세 개의 교실을 열린 교실 형태로 구현했다. 1990년대 '열린교육*'이 오래 지속되지 못한 이유를 생각해 보고, 그 보완점을 찾아 새롭게 구현해 보자는 생각을 바탕으로 한 것이다.

교실은 다양한 수업이 가능하도록 개방적이고 유연한 공간으로 구현해 탈학급·탈학년의 수업 공간으로 만들고자 했다. 우선 교실 내 가구, 비품 등은 최소화하고 학생과 교사가 활용할 수 있는 공간을 넓게 확보했다. 그리고 자유롭게 움직일 수 있도록 책걸상을 설계하여 다양한 모둠 형태를 구현하는 데에 불편함이 없도록 했다.

교실과 복도 사이의 유연성을 확보하기 위해서 폴딩 도어를 설치했다. 문턱이 없어졌기 때문에 학생들은 책걸상을 교실에서 복도로 편하게 옮길 수 있게 됐다. 학생 참여형 수업을 위해 전면 칠판

◦ **열린교육**
1980년대 말 이후 일제식·주입식 교육 방식을 탈피하기 위한 대안으로 제기된 교육 활동 형태로, 자율적이고 개별화된 학습자 중심 교육을 표방한다.

5학년 교실은 열린 교실의 형태로 구현하였다. 수업의 성격에 따라 학생들이 이동해 수업을 들을 수 있도록 3개의 교실에 각각의 테마를 부여했다.

외에도 이동형 칠판을 따로 마련했다. 칠판을 교사의 전유물로 두기보다 학생들이 의견을 제시하고 표현하는 공간으로도 활용하게 된 것이다. 그리고 필요한 게시물이나 학생들의 활동 결과물을 전시할 수 있는 공간을 따로 마련했다. 모둠별로 그 자리에서 발표할 수 있도록 이동식 모니터도 설치했다.

교사의 책상은 꼭 있어야 할까? 교사의 책상이 있는 곳을 대부분 교실의 앞부분이라고 부른다. 이러한 교실의 앞뒤에 대한 고정적 개념을 버리고 공간을 보다 유연하게 활용하기 위해 교사가 데스크톱이 아닌 노트북을 활용해 교실 어디에서든지 수업을 진행할 수 있도록 설계했다.

교실의 변화에서 가장 유의미한 것은 5학년 3개의 교실을 각각 독립적인 교실이 아닌 공유 교실 형태로 사용하게 된 점이다. 3개의 교실은 각각 인문·사회학 교실, 과학·정보·SW 교실, 예술·체육·노작 교실을 콘셉트로 한다. 기본적인 교과 수업이나 학급 활동은 각 학급에서 실시하고, 프로젝트 수업 등을 진행할 때는 각 교실의 콘셉트에 따라 학생들이 이동해 수업을 할 수 있도록 했다.

복도를 도담도담마당으로

'도담도담'은 순수 우리말로 아이들이 잘 놀며 뛰노는 모양을 뜻한다. 복도 공간은 '도담도담마당'으로 이름을 붙여서 학생들의 휴

도담도담마당은 평상시 학생들의 휴식 공간으로 이용된다. 추후 작은 정원을 구현한 디자인을 추가하여 편안함을 더할 예정이다.

식 공간인 동시에 학년 프로젝트 운영 시 3개 학급의 학생들이 모두 모여 발표나 전시, 소그룹 활동 등을 할 수 있는 공간으로 활용할 계획이다. 이를 위해 복도에 전시 공간과 빔 프로젝터를 설치하고, 기본적인 정보화 설비 작업을 완료해 복도 어디에서든지 스마트 기기를 사용할 수 있도록 했다.

수업 연구실과 참관실을 배움 무대로

수업 연구실과 참관실로 사용했던 공간은 수업 연구 공개실 및 공연 무대로 사용할 수 있는 다복합 공간으로 변화시켰다. 수업 연구 활동 및 수업 참관 공간으로 이용할 때는 수업 연구실과 참관실, 복도를 폴딩 도어로 분리해 활용하고, 이동형 소프트웨어 교실이나 발표 및 표현 공간으로 이용할 때는 폴딩 도어를 활짝 열어 공간을 넓게 활용한다.

이는 다목적 활용을 위해 한옥의 대청마루 개념을 도입한 것인데 수업 연구실과 참관실을 개방하면 복도(도담도담마당)까지 확장해서 활용할 수 있어 공연이나 발표를 할 때 많은 학생들이 자유롭게

배움마루는 폴딩 도어를 활용해 공간의 유연성과 다목적성을 극대화했다.

참여할 수 있다. 이 공간은 수업 시간 외에 쉬는 시간이나 점심시간에도 학생들이 휴게 공간으로 이용할 수 있도록 상시 개방할 계획이다.

학년 자료실을 소프트웨어 체험실로

학년 자료실로 사용했던 공간을 소프트웨어 체험실 겸 교사의 연구 공간으로 변화시켰다. 교실에 있던 교사의 공간 일부를 이곳으로 옮겨 학교의 업무를 진행하거나 학년 수업 협의를 할 수 있도록 구현했다. 또한 3D 프린터 또는 소프트웨어 기기들을 비치해 직접 체험하고 보관하는 소프트웨어 교실로도 활용한다. 이 공간

각종 소프트웨어 기기와 학습 준비물이 들어오기 전 미디어 스페이스의 모습이다. 이곳에 비치될 3D 프린터와 소프트웨어 소품들은 학생들이 언제든지 직접 사용해 볼 수 있다.

은 투명 창을 통해 밖에서 안이 보이도록 했고, 붙박이장을 활용해 학습 준비물실로도 이용할 예정이다.

휴게실을 미디어 스페이스로

코로나19 확산으로 시작된 온라인 수업은 학교 현장에 큰 충격을 주었고 변화의 필요성을 실감하게 했다. 물론 온라인 수업도 또 다른 수업의 형태이지만 학교는 준비가 되어 있지 않은 상황이었고, 온라인 수업을 제작할 수 있는 공간도 마땅치 않았던 것이다. 따라서 수업 영상 제작을 위한 이 공간은 특별히 관심을 가지고 진행했다.

교사들이 자유롭게 온라인 수업 영상을 제작하거나 실시간 온라인 수업을 할 수 있도록 방음 시설을 완비하고, 영상 제작에 필요한 기기 외에도 법랑 칠판 등을 설치해 강의식 수업의 편의성을 높였다. 또한 외부에서 안을 볼 수 있도록 투명 창을 설치해 영상 제작 과정을 밖에서 참관할 수 있도록 했다.

교실 밖 공간을 앞마당으로

5학년 교실 앞마당을 자연 친화적 공간으로 활용하기 위해 기존에 있던 교실 창밖의 잔디밭을 그대로 두고, 교실에서 밖으로 바로 나갈 수 있는 문을 제작해 연결성과 개방성을 확보했다. 이 공간에는 텃밭 재배지를 만들어 실과 수업과 연계할 수 있도록 구현하고, 계단 형태의 좌석을 만들어 야외 수업을 할 수 있는 환경으로 조성할 계획이다.

조력자와의
협업 과정 살펴보기

유기적으로 관계 맺고 서로에게 도움을 주며

학교 공간 혁신은 학교 구성원의 힘만으로 성공할 수 있는 활동이 아니다. 기존의 학교 공간에 새로운 학습 환경을 조성하고 학교 공간을 재구조화하기 위해서는 건축사, 촉진자와 같은 조력자가 반드시 필요하다.

교육적 활동과 건축을 어떻게 연결시킬 수 있을까? 학교 공간 혁신 사업을 담당하기 전에는 '조력자로 참여한 외부 전문가가 우리의 교육적 활동을 제대로 이해할 수 있을까?' '이걸 어떻게 설명해야 하지?' 등 고민이 많았다. 하지만 막상 사업을 진행하면서 학교 구성원과 조력자는 충분히 유기적인 관계를 맺고 서로에게 도움을 줄 수 있는 관계라는 것을 알 수 있었다. 조력자로 참여한 전문가들은 학교 구성원이 원하는 여러 형태의 사용 목적에 맞춰

적당한 공간 사례를 제시해 주었다. 특히 안전이나 예산 활용 문제와 관련하여 많은 도움을 받을 수 있었다.

건축사와 촉진자의 역할

학교 구성원이 직접 참여하는 사용자 참여 설계는 크게 기획 설계, 기본 설계, 실시 설계, 시공·감리, 사용 후 평가의 다섯 단계로 진행된다. 조력자와의 협업은 이 과정 전반에서 지속적으로 이루어진다. 건축사는 기획 설계 단계에서 착수 보고 및 방향 설정, 전체적인 콘셉트 설정을 함께하고 기본 설계 단계에서는 온라인으로 소통하며 공간별 상세 계획 및 방향성에 대한 협의를 진행한다. 이 단계에서 각 공간에 비치될 비품 및 가구를 파악하고 실측을 거쳐 가상으로 배치해 볼 수 있다. 실시 설계 단계에서는 공간별로 예산을 산출하고, 세부적인 디자인을 확정하며 그 후 시공·감리를 실시하고 사용 후 사용자 평가를 진행하는데 건축사는 마지막 단계까지 함께한다.

많은 과정을 같이 진행하다 보면 서로 교육과 건축에 대한 전문 지식이 부족해 소통의 어려움을 겪을 수 있다. 차별화된 디자인에 대한 상이 서로 다르거나 예산의 한계에 부딪히는 등 문제가 생기는 것이다. 이때 갈등을 조정해 주는 역할은 촉진자가 맡아 주었다.

학교 공간 혁신의 과정에서 학교 구성원이 사용자 참여의 주체로, 지역 교육청이 학교의 여건과 교육청의 특성에 맞춰 다양한 지원을 해 주는 역할로 참여하는 것처럼 건축사와 촉진자는 설계와 조정의 담당자로서 많은 과정에 참여하게 된다. 새로운 학교 공간을 만들 때 이 세 그룹의 협력이 무엇보다 중요하다는 사실을 잊어서는 안 된다.

공간이
수업을 바꾼다

미래 학교로 나아가는 방법

학교 공간 혁신을 시작할 때쯤 한 선생님에게 몇 가지 질문을 받았다. 이 질문은 학교 공간 혁신의 방향에 대해 고민하고 있는 교사들에게 많은 생각거리를 던져 주었다.

○ "공간 혁신 이후 가장 달라질 것으로 기대되는 점은 무엇입니까?"

○ "새로운 수업과 기술에 대한 나의 태도는 어떻습니까?"

○ "가장 최근에 시도한 새로운 수업 형태, 적용 기술 또는 내용은 무엇입니까?"

○ "미래 학교 수업 형태 중 추진하거나 준비하고 있는 수업 형태는 무엇입니까?"

최근 교육계의 화두는 미래 학교다. 교사에게 미래 학교는 아직 모호한 부분이 많다. 미래 학교에 대해 이야기할 때 에듀테크*라는 말이 자주 언급되지만 이러한 미래 기술은 교사에게도 낯설다. 게다가 미래 학교에서의 '테크'는 단순히 VR, AI 등 뛰어난 기술을 아는 것만을 의미하지 않는다. 당장 새로운 기술을 공간에 적용하는 것이 미래 학교로 나아가는 방법은 아닐 것이다.

미래 학교는 기술 하나하나에 집착하기보다 미래 기술을 활용하고 공유하려는 자세를 갖게 하는 곳이 아닐까? 학생들이 유연한 공간에서 유연한 사고를 하고, 모둠 활동을 통해 협업의 태도를 배우며 간단한 기술을 활용해 창의적인 결과물을 만들 수 있는 학교. 이런 학교라면 미래 학교에 한 걸음 더 다가간 것이 아닐까 생각한다.

미래 학교에서 학생들은 미래 사회의 여러 문제를 해결하기 위한 역량을 기른다. 그리고 개별화된 관심사와 방법을 발견하고 필요할 때는 적절한 도움을 받을 수 있다. 세상과 맞닿은 주제를 경계 없는 학습을 통해 전문가들과 함께 공부할 수 있는 곳, 그런 미래 학교를 상상해 본다.

---

* 에듀테크(Edu-Tech)
교육(Education)과 기술(Technology)의 합성어로 온라인 교육 단계를 넘어 학습자 맞춤 교육까지 가능하도록 VR(Virtual Reality, 가상 현실), AI(Artificial Intelligence, 인공 지능) 등의 신기술을 ICT 기술과 접목해 기존과는 다른 학습 경험을 제공하는 서비스를 말한다.

중요한 것은 생각의 변화다

2020년 코로나19 확산으로 학교 현장은 새로운 실험대에 올랐다. 교사들은 갑작스레 닥친 교육 환경의 변화에 대응하며 미래 학교 준비의 당위성을 다시 한번 더 확인하게 되었다. 학교 공간 혁신은 단순히 학교 환경 개선이나 교실 리모델링을 의미하는 것이 아닌 미래 학교를 준비하는 데 필수 요소가 되었다. 우리는 이제 학교 공간 혁신과 더불어 미래 학교를 준비하고 수업의 방향성을 고민해야 한다.

공간이 수업을 바꿀 수 있을까? 아니면 수업을 바꾸기 위해 공간을 바꿔야 할까? 둘 다 아니라고 생각한다. 아무리 멋진 공간이라도 학습의 형태는 바뀌지 않을 수 있고, 학교 공간 혁신이 일어나지 않은 평범한 교실에서도 수업의 변화는 충분히 일어날 수 있다. 중요한 건 '우리의 생각'이 바뀌어야 한다는 것이다.

학교 공간 혁신을 이야기하면 많은 교사들이 예산을 먼저 떠올린다. 물론 예산도 중요하다. 하지만 그보다 더 중요한 것은 학교 공간 혁신에 대한 우리의 생각이다. 지난 과정을 돌아보면 공간 혁신의 과정은 공간에서 구현되는 프로그램을 고민하는 수업 혁신의 과정이었다. 학교 공간 혁신이 수업 변화의 시작점이 될 수 있다.

전주교대 전주부설초의 교육적 실험은 이제 시작 단계에 와 있다. 많은 고민 끝에 탄생한 새로운 학교 공간에서 수업이 바뀌고 학생들의 배움이 바뀌며 나아가 교육 공동체의 삶이 변화하길 바라 본다.

"공간은 학생을 변화시키고 수업을 변화시킨다.
공간은 힘이 있다."

— 교사 최연진

지혜가 샘솟고 꿈과
끼를 채우는 학교 공간

경남 용남중학교

공간 혁신에
눈뜨다

폐교의 위기를 혁신의 기회로

10여 년 전 용남중에 처음 왔을 때 학교는 네모난 건물에 일자형 복도, 흰색의 벽으로 둘러싸인 정형화된 모습이었다. 교실 내부는 부서진 사물함, 낙서로 얼룩진 벽, 판서가 잘 안 되는 칠판 등 지저분하고 딱딱한 분위기였고, 교무실은 대화가 적어 숨소리까지 다 들릴 정도로 조용하고 삭막했다. 내가 학교에 다니던 1980년대와 다르지 않은 학교. 그때까지만 해도 학교는 내게 '절대 변하지 않는 곳'이었다.

당시 용남중은 전교생 120여 명으로 한 학년에 40명 정도밖에 되지 않는 소규모 학교였다. 1980년대에는 전교생이 천여 명이 넘었지만 농촌 인구가 줄어듦에 따라 학생 수도 10분의 1 규모로 줄

어든 것이다. 이런 상황 탓인지 학교가 곧 없어진다는 이야기가 돌기 시작했다. '폐교만은 막아 보자.'라는 신념으로 학교, 교사, 동창회, 지역 사회가 힘을 합쳐 학교를 살리기 위한 방법을 모색했다. 동창회에서는 기금을 모아 스쿨버스를 기증했고, 교사들은 여러 방과 후 프로그램과 야간 자율 학습을 운영하고, 방학 중에도 다양한 활동을 진행하는 등 학교에 대한 만족도를 높이려는 노력을 기울였다. 이런 노력 끝에 학생 수가 조금씩 늘어나고 학부모와 학생의 만족도도 점점 높아졌다.

하지만 많은 프로그램을 전통적인 방식으로 운영하다 보니 교사의 피로도가 급격히 높아졌다. 프로그램의 수준을 높이는 데도 한계가 왔고 학생들의 만족도도 점차 떨어지게 되었다.

새롭게 발생한 문제들에 대해 다시 함께 고민한 결과 학교의 지속적인 발전을 위해서는 프로그램의 효율을 높이고, 보다 다양하고 수준 높은 프로그램을 운영할 수 있는 환경을 조성해야 한다고 판단했다. 즉 '특화된 공간에서 학생 스스로 교육이 일어나야 한다.'라는 결론에 도달하게 된 것이다.

학교의 디자인 바꾸기

폐교를 막아야 한다는 절박함에서 시작한 학교의 변화는 공간의 변화로 이어졌다. 먼저 교사들이 모여 학교의 문제점을 찾기 시작했다. 칙칙하고 어두운 분위기, 노후화된 환경, 불편한 등교, 다양하지 못한 프로그램 등 문제점이 한둘이 아니었다. 학교를 전체적으로 바꿔야 하는 상황이었다.

고민을 지속하던 중 전문가에게 학교 디자인 컨설팅을 받게 되었다. 전문가는 디자인의 변화만으로도 학생들의 자존감과 만족감을 높일 수 있다는 이야기와 디자인의 변화에 환경 개선이 더해진다면 그 효과가 더욱 뛰어날 것이라는 이야기를 해 주었다. 생소한 분야였지만 무엇이든 해 보자는 생각에 디자인 연구를 먼저 시작했다.

학교에 맞는 디자인을 찾는 데에는 상당히 오랜 시간이 걸렸다. 학생들이 학교에서 생활하는 모습을 관찰하면서도 학생들에게 직접 의견을 구하고 그것을 토대로 교사들과 다시 이야기를 나누었다. 가장 많이 고민한 것은 '색'이었다. 우리 학교의 색은, 또 우리 학교가 앞으로 만들고 싶은 색은 무엇일까? 많은 논의 끝에 점차 그 색을 찾아 나가기 시작했고, 정리된 디자인으로 이미지를 통합하는 작업을 거쳐 학교에 전반적으로 적용했다.

먼저 학교 외벽을 밝고 편안한 느낌으로 새롭게 도색했다. 교복과 체육복을 바꾸고, 오랜 전통의 교표와 배지, 학교에서 사용하는 봉투, 홍보물까지 모두 바꿨다. 모든 것을 바꿔야 생존할 수 있다는 구성원 사이의 공감대가 있었기 때문이다.

학교의 색을 바꾸고 새로운 디자인을 적용한 후 학교에는 변화

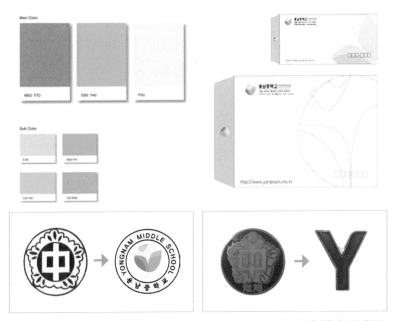

학교 이미지 통합화(CI)를 기반으로 학교 봉투 디자인, 교표 및 배지 등 학교를 상징하는 것들을 새롭게 바꿔나갔다.

가 찾아왔다. 다른 학교와 구분이 된다는 점에서 학교에 대한 학생들의 자부심이 살아났고, 인근 학교들의 관심도 받게 된 것이다. 당시에는 몰랐지만 되돌아보면 이 시도가 용남중 공간 혁신의 시작이었다고 생각한다.

학교 공간 혁신 사업과의 만남

디자인의 변화를 시도하면서 학교 환경을 좀 더 개선하기 위해 다양한 사업에 응모했다. 탈락을 거듭하던 중 2014년 교육부 농어촌 거점별 우수 중학교에 선정되었다. 농어촌 거점별 우수 중학교는 시골 작은 학교의 폐교를 막고 그 지역의 중심 학교가 되도록 유도하는 교육부의 사업으로, 3년간 총 15억 원의 예산을 지원받을 수 있다. 여기에 사천시의 예산을 추가로 지원받아 학교가 한 걸음 도약할 수 있는 소중한 기회를 얻게 되었다.

넓고, 깨끗하고, 안전한 교실

예산을 사용하기 앞서 교사들은 학교를 살리기 위해 예산을 어떻게 사용할지 논의했다. 우리가 내린 결론은 첫째도 둘째도 학생의 교육 환경이 우선이라는 것이었다.

가장 먼저 한 일은 칠판을 바꾸는 것이었다. ICT 교육을 위한 전자 칠판을 구입하고 기존 칠판은 먼지가 날리지 않는 칠판으로 교체한 것이다. 교실 내부는 패널과 도색을 활용해 꾸몄다. 사물함은 크고 깨끗한 대형 사물함으로 교체했다. 천장의 텍스를 없애고 노출 천장을 적용하여 층고를 높여 교실을 넓고 밝은 느낌으로 변화시켰다.

이미 존재하는 사각형의 교실을 완전히 새로운 모습으로 바꾸는 것에는 현실적인 어려움이 있었지만, 최대한 넓고, 깨끗하고, 안전한 공간으로 바꾸기 위해 노력했다.

목공, 도예, 금속 공예 등을 할 수 있는 공간을 만들자는 생각은 학교 안에서도 체험 활동을 할 수 있다는 역발
상에서 시작되었다. 학생과 교사는 필요한 것이 생기면 무한상상실에서 직접 만들어 사용하기도 한다.

특색 활동이 가능한 무한상상실

두 번째로 자유학기제 프로그램 운영을 위한 공간을 만들었다. 당
시 자유학기제 프로그램을 운영할 때는 다양한 특색 활동을 하기
위해 외부로 나가는 경우가 많았다. 하지만 일회성의 체험 활동은
비용이 많이 드는 반면 큰 의미가 없었다. 오랫동안 지속 가능한
학교가 목표인 만큼 학교 내에서 다양한 체험 활동을 할 수 있는
여건을 만드는 것이 좋겠다고 판단했다. 교사들과 의논하여 창고
를 리모델링해 금속, 목공, 자기, 도예 공방을 한꺼번에 운영할 수
있는 공방을 만들고 '무한상상실'이라는 이름을 붙였다.

이렇게 만들어진 무한상상실은 학생들뿐만 아니라 학부모의 마

음도 사로잡았다. 무한상상실에서의 활동은 자연스럽게 마을 학교로 연결되었고 주말마다 많은 학부모가 학교에서 열리는 목공 수업에 참여하기 시작했다. 지금은 더욱 확대되어 인근 초등학교 학생이나 다른 중학교의 학생들도 참여하는 사천시 마을 학교로 활발하게 운영되고 있다. 학교의 특색 사업이 마을 학교로 연결된 바람직한 운영의 예라고 생각한다.

공간의 힘을 알려 준 교무실의 변화

프로그램이 많아지면서 교사가 학교에 머무는 시간이 늘어났다. 학생 수가 늘어나 학급 수도 증가했고 그만큼 교사도 많아졌다. 교무실을 확장할 필요성이 커졌지만 학교에는 유휴 공간이 부족했다. 교사들과 함께 의논한 결과 복도를 틔워서 교무실을 확장하기로 했다. 물론 복도를 교무실로 사용하면 학생들의 통행이 어려워질 것이라는 우려도 있었다. 교무실이 학교의 정중앙에 위치해 있었기 때문이다. 하지만 '학생들이 교무실을 복도처럼 사용하면 되지 않을까?' 하는 역발상에서 복도를 틔워 교무실을 확장하기로 결정했다. 예산은 학교 법인의 자체 예산을 활용했다.

디자인에 대해 논의하던 중 한 교사가 교무실이 카페 같으면 좋겠다는 아이디어를 냈다. 교무실이 기존처럼 굳이 딱딱할 필요가 없었다. 교사도 편히 머무르고 학생도 언제든지 오갈 수 있는 카

교사들의 아이디어로 새 교무실을 완성했다. 직접 같이 만들었기에 더 큰 애착과 주인 의식으로 자발적으로 관리하며 빈 공간들을 채워 나가고 있다.

폐형 교무실, 즉 '교무실 같지 않은 교무실'로 콘셉트를 정하고 실행에 옮기기로 했다.

노출 천장, 우레탄 바닥을 이용해 카페 같은 분위기를 연출했고, 파티션을 없앴다. 고벽돌과 원목을 활용해 따뜻한 분위기를 더했고 교과서나 교재 등 손에 물건을 자주 들고 다니는 교사들의 불편함을 고려해 자동문도 설치했다. 개인 사물함과 책꽂이 등 소가구는 무한상상실에서 직접 만들기도 했다. 교무실 바로 옆에 있던 작은 창고는 휴게실 겸 상담실로 재단장을 했다. 교무실과 결을 맞춰 카페형으로 디자인하고, 싱크대와 커피 메이커 등을 비치해 활

9m 정도 떨어져 있던 기존 휴게실은 사용 빈도가 현저히 적었지만, 접근성이 좋아지고 필요한 물건들이 비치되자 휴게실 사용이 많아지고 용도도 다양해졌다.

용도를 높였다. 이 공간은 교사들의 휴게 용도 외에도 회의, 상담, 공동 작업 등을 할 때 이용한다.

교무실 공간을 바꾼 후 새롭게 알게 된 사실은 교무실이 선생님들만의 유일한 공간이 아니라 '학생들의 공간'이기도 하다는 점이다. 변화 전의 교무실은 꼭 필요한 일이 아니면 학생들이 찾지 않는 공간이었다. 하지만 공간이 변하니 많은 학생들이 교무실을 찾기 시작했다. 특별한 이유 없이도 교무실에 오고, 원하는 교사와 이야기를 나눈다. 파티션이 없으니 교사를 찾기도 쉬워졌다. 예전의 조용한 분위기는 더 이상 유지할 수 없지만 쉬는 시간마다 몰리는 학생들을 보며 교사들도 즐겁다. 학교에서 가장 중요한 것이 바로 '소통'이기 때문이다. 평소에는 전혀 교류가 없다가 특별한 용무가 있을 때만 말을 거는 것은 서로에게 어려운 일이다. 자연스러운 만남과 안부 인사, 특별한 일 없이 나누는 대화만으로도 학생들과의 소통이 가능해진다.

교무실의 변화로 교사들은 '공간의 힘'을 피부로 느끼게 되었다. 과중한 업무로 피곤한 교사들에게 좀 더 나은 환경을 제공하려는 의도로 시작한 변화가 교사뿐만 아니라 학생, 학교 전체에 영향을 미쳤던 것이다.

학생을 변화시키는
공간의 힘: 채움뜰

복합 공간을 상상하다

되돌아보면 학교 혁신을 위해 시작했던 색과 디자인의 변화, 무한상상실 신설, 교무실과 휴게실의 변화가 모두 공간 혁신이었다. 이 과정을 거치며 교사들은 공간의 변화가 학교 구성원에게 얼마나 큰 영향을 줄 수 있는지 확인해 보고 싶었다. 공간 혁신으로 우리가 원하는 행복하고 즐겁고 미래 지향적인 학교를 만드는 상상을 본격적으로 하기 시작한 것이다.

어느 공간부터 혁신을 할 것인지 결정하기 위해 교사들은 수차례 논의를 진행하는 한편 학생들의 생활을 관찰하고 의견을 들었다. 학생들은 쉬고 놀 수 있는 생활 공간을 원했고, 교사들은 자유학기제에 적합한 유연한 교실을 필요로 했다. 그리고 학교에 음악실, 미술실과 같은 특별 교실이 전혀 없었기에 이런 특별 활동도 가능해야 했다. 하지만 모든 수요를 담아 내기에는 기존의 정형화된 교실은 한계가 있었다. 고민을 거듭한 결과 새로운 건물을 짓기로 했다. 그렇게 탄생한 것이 '채움뜰'이다.

활용도를 높인 교실

채움뜰은 3개의 작은 교실로 나누어 설계했다. 자유학기제를 운영하면 소그룹 단위의 활동을 하는 경우가 많기 때문에 큰 교실 한 개가 아니라 작은 교실 여러 개로 나누어 다양한 활동을 동시에 할 수 있도록 만든 것이다. 교실 수가 부족한 점을 보완하기 위해서도 공간을 작게 나누어 활용하는 편이 유리했다.

채움뜰은 일반 교실의 크기와 비교해 0.7실 규모의 교실 2개와 1.2실 규모의 교실 1개로 이루어져 있다. 0.7실 규모는 한 반이 수업할 수 있는 최소 크기라고 판단했고, 1.2실 규모의 공간은 50여 명으로 구성된 학교 오케스트라 단원들이 활동할 수 있는 최소 크

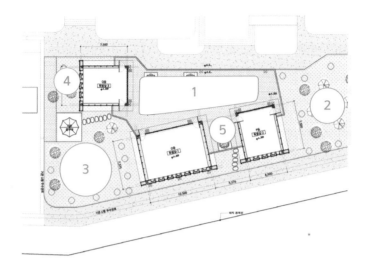

채움뜰의 위치와 교실 크기, 외부 공간 등을 알 수 있는 평면도이다. 3개의 건물에 의해서 중앙 광장을 포함해 크고 작은 5개의 뜰이 만들어진 것을 보면 채움뜰이라고 이름 지은 이유가 잘 나타난다.

기라고 생각해 결정했다. 한정적인 예산을 경제적으로 활용하기 위한 결정이기도 했다.

접근성이 좋은 위치

채움뜰의 위치는 본관 건물의 바로 앞, 즉 중앙 현관 앞이다. 원래 이곳에는 많은 학교에서 흔히 볼 수 있는 기념비가 있었고, 이곳을 지나가면 운동장으로 바로 이어졌다. 처음 이 위치에 채움뜰을 만들자는 의견이 나왔을 때 반대가 굉장히 심했다. '학교의 얼굴이나 다름없는 장소에 새로운 건물을 짓는다면 학교가 갑갑해질 것이다.' '전체적인 학교 외형에 문제가 생길 것이다.' 등의 이유였다. 하지만 학교 구성원의 접근성을 최우선으로 생각해 중앙 현관 앞에 건물을 짓는 것으로 결정했다. 공간은 의도하지 않더라도 생활하며 자연스럽게 활용할 수 있어야 그 효과가 높아진다는 것을 교무실과 교사 휴게실을 변화시키는 과정에서 알게 되었기 때문이다.

대신 갑갑함을 해소하기 위해 전문가의 의견을 구했다. 3개의 건물 사이에 여유 공간을 확보하고, 각 건물을 평지붕이 아닌 서로 다른 방향의 경사 지붕으로 설계해 역동적이면서도 갑갑하지 않게 구현한 것이다.

민주적·자주적 활동을 유도하는 디자인

채움뜰을 설계할 때 중요하게 생각한 것은 학생들의 민주적·자주적 활동이 활발히 일어날 수 있도록 유도하는 것이었다. 건물 내부는 교무실처럼 카페 같은 편안한 분위기로 디자인하고, 학교 색상과 디자인을 바꾸며 학생들의 자부심이 상승했던 경험을 살려 건물 외부 디자인에도 신경을 썼다.

무엇보다 중점을 두었던 것은 광장 문화를 조성하는 것이었다. 학생들은 버스킹, 캠페인, 학생회 활동 등을 자유롭게 할 수 있는

채움뜰 내부는 자작나무 합판, 청고벽돌, 원목 등을 사용해 인테리어를 했다. 활용도를 높이기 위해 단조롭지만 편안한 느낌을 살렸다.

광장을 원했다. 그래서 3개의 교실 모두 폴딩 도어를 설치해 문을 개방하면 광장과 바로 연결되도록 구현해 확장성을 높였다.

　또한 건물 내부뿐 아니라 외부에서도 학생들의 활동이 일어난다는 점을 고려했다. 건물들 사이에 조성한 정원이 '보여 주기'식이 아닌 학생들이 자연을 벗하며 실제로 즐길 수 있는 공간이 되도록 동선을 고려해 산책로를 만들고 중간중간 벤치를 두었다.

공간은 힘이 있다

학교 공간을 혁신할 때에는 '자연스러운 소통'이 자주 일어날 수 있는 공간인지 생각해 보는 것이 중요하다. 채움뜰의 교실 중 가장

채움뜰은 3개의 교실로 구성되어 있다. 3개의 교실 모두 폴딩 도어를 열면 중앙 광장과 연결된다. 건물 사이에
는 정원을 조성했다.

크고 중앙에 있는 것이 꿈 채움실인데, 꿈 채움실에서는 매주 수요일 점심시간에 노래, 춤, 마술 등 학생들의 다양한 버스킹 공연이 펼쳐진다. 실력을 뽐내기 위해 공연을 하는 학생들도 있지만 잘하지 못하더라도 끼를 발산하고 싶은 학생이라면 누구나 공연을 한다. 교사나 졸업생, 외부의 전문 가수가 와서 공연을 하는 경우도 있다. 버스킹 공연을 할 때엔 채움뜰의 위치가 더욱 빛을 발한다. 본관 앞에 위치해 있기 때문에 둘러앉은 학생들뿐만 아니라 교실에 있는 학생들도 창을 통해 구경할 수 있다. 채움뜰에서 하는 행사는 대부분의 전교생이 알고, 직간접적으로 함께 누릴 수 있다.

그리고 공간의 배치를 통해 활용도를 높이는 것만큼 중요한 것이 '편의성'이다. 채움뜰뿐만 아니라 용남중의 모든 시설물은 언제나 개방되어 있다. 방과 후나 주말에도 잠그지 않는다. 와이파이 사용에도 제한을 두지 않는다. 언제든지 공간을 마음 편히 이용할 수 있어야 비로소 온전히 사용자의 공간이 되기 때문이다.

처음에는 상시 개방에 대한 우려의 목소리가 컸다. 소파나 모니터가 망가질 수도 있고, 비치한 보드게임이 사라질 수도 있다는 것이다. 교사들은 여러 차례 논의를 거듭하면서 관리자가 아닌 사용자의 입장에서 생각해 보고, 만일 비품이 분실되거나 망가지면 새로 구매해 주자고 의견을 모았다. 수년째 같은 방식으로 운영하고 있지만 놀랍게도 분실된 비품은 많지 않았다. 소파 등은 일

채움뜰에서는 수업 외에도 학생과 교사의 버스킹 공연, 외부 강사 특강, 오케스트라 합주 연습, 메이커 동아리 활동 등이 자유롭게 이루어진다.

부 파손되었지만 전교생이 사용하는 만큼 당연한 파손이라고 생각한다. 600여 명의 학생이 사용하는 소파를 4인 가구의 소파처럼 10년씩 사용하라고 할 수는 없는 것 아닌가.

마지막으로 유지·관리에 대한 고민도 중요하다. 용남중에서는 '용남 서포터즈'라는 학생 동아리를 모집했다. 이 공간을 깨끗하게 유지하고 관리하는 역할을 하는 동아리였다. '이 공간은 학생의 것이니 학생이 직접 관리해야 한다.'라는 책임 의식을 심어 주니 학생들은 공간을 더 아끼고 더 자주 활용하는 모습을 보여 주었다.

채움뜰을 만들고 나자 나를 비롯한 용남중의 교사들은 공간의 힘에 대한 확신을 얻었다. 학생들의 자발성이 높아지고 학생 간의 소통이 늘어나 학교 폭력이 눈에 띄게 줄었으며 학생 지도도 더욱 편해졌다. 채움뜰은 전 학년이 함께 사용하다 보니 3학년만 사용하게 되거나 학년 간 갈등이 생길 수 있다는 우려도 있었다. 하지만 학생들은 갈등이 발생하면 스스로 해결해 나갔다. 학년 간 소통이 늘어났고, 학생들은 통합된 공간에서 어떻게 사회적으로 지내야 하는지 스스로 깨우쳐 나갔다.

수업을 변화시키는
공간의 힘: 지혜샘

수업의 변화를 꿈꾸다

채움뜰로 공간 혁신의 힘을 경험한 후 '이 힘이 과연 수업으로 연결될 수 있을까?'라는 고민에 빠졌다. 당시 학교는 배움 중심 수업, 융합 수업 선도 학교로서 수업의 변화에 많은 관심을 두고 있었던 상황이었고, 수업 개선을 위한 노력이 공간을 통해 자연스럽게 이어질 수 있다면 좋겠다는 판단으로 이어진 것이다.

이러한 고민 끝에 탄생한 것이 지혜샘이다. 당시 학교의 도서관은 무척 노후하여 6개월간 폐쇄를 했고, 채움뜰을 만들었지만 교실

부족 문제를 완전히 해소하기에는 역부족이었다. 이 문제들을 해결하면서도 다양한 수업 혁신을 시도할 수 있는 공간이 필요했다.

세 가지 기능을 품은 공간

지혜샘은 세 가지 기능을 할 수 있도록 설계했다. 도서관의 기본 기능을 하면서, 메이커 스페이스와 아트 스페이스의 기능도 할 수 있는 공간이다. 지혜샘은 건물 전체가 도서관의 역할을 하면서도, 2층의 공간은 메이커 스페이스와 아트 스페이스로 활용할 수 있도록 구현했다. 무한상상실이 목공실의 기능을 하는 공간이라면 이곳의 메이커 스페이스는 3D 프린터나 코딩을 활용한 디지털 메이커 활동이 가능한 공간이다. 아트 스페이스는 교내에 미술실이 없으니 도서관을 특별실로 활용해 보자는 아이디어에서 비롯된 공간이다. 다양한 미술용품들을 수납할 수 있는 대형 선반을 설치했고, 교과 연관성을 높이기 위해 예술 관련 책들로 서가를 꾸몄다.

　2층의 두 공간을 구분하기 위해 색으로 영역을 나누는 느슨한 방식을 선택했다. 각각 벽으로 막힌 공간이 아니라 하나의 공간 안에 연결된 형태로 구현되어야 이 공간을 다용도로 사용하는 데 유리하다고 생각했기 때문이다. 그래서 메이커 스페이스 공간은 노란색, 아트 스페이스 공간은 보라색으로 구분했다.

지혜샘 1층 내부의 모습이다. 1층은 서가와 열람 중심의 공간이고, 2층은 메이커 스페이스와 아트 스페이스가 있는 공간이다.

다양한 활동과 학생들의 동선을 고려한 디자인

지혜샘의 외형은 채움뜰의 단점을 보완하는 방식으로 디자인했다. 채움뜰의 건물은 경사 지붕이 있고 공간감은 좋지만 모두 사각형으로 구현되어 아쉬웠는데, 지혜샘은 조경이 보이는 곳을 원형으로 설계해 채움뜰과는 다른 느낌을 주었다.

지혜샘을 설계할 때 가장 중점을 둔 것은 책을 읽기에 좋은 환경을 만들기 위해 충고를 높게 만든 것이다. 그리고 크고 작은 테이블과 편안한 소파를 배치했다. 창밖으로는 작은 연못과 큰 나무를 볼 수 있도록 위치를 잡았고, 지혜샘 앞쪽으로는 외부 광장을 만들었다. 채움뜰 광장에서 활동하는 학생들이 많아지면서 공간이 부족해지자 하나의 광장을 더 만든 것이다. 학생들이 채움뜰 광장을 따라 걸어 들어오면 새로운 광장이 자연스럽게 연결된다.

지혜샘이 있는 곳은 원래 작은 운동장이었다. 이것을 없애고 지혜샘을 배치한 것은 별관에서 가장 접근이 쉽고, 채움뜰과의 연결성도 높았기 때문이다. 지혜샘과 채움뜰 사이에는 골목길을 만들어서 학생들이 굳이 의도하지 않더라도 자연스럽게 채움뜰과 지혜샘, 그리고 건물과 건물 사이의 골목길을 다닐 수 있도록 설계했다. 길마다 꽃을 심고 조경을 한 이유도 학생들이 이 길을 오갈 때 행복감을 충분히 느낄 수 있길 바랐기 때문이다.

지혜샘과 채움뜰 사이에 생긴 다양한 실외 공간에는 덱과 벤치,

흔들의자를 설치했다. 채움뜰처럼 학생들이 실외 공간에서도 활동할 수 있도록 유도한 것이다. 건물 사이를 이동할 때뿐만 아니라 휴식 시간이면 많은 학생들이 밖으로 나와 시간을 보낸다. 건물 밖으로 나와 야외에서 이야기를 나누고 스트레스를 푸는 학생들을 보며 학교의 내부 공간만큼이나 외부 공간의 활용도 중요하다는 것을 다시 한번 느낀다.

수업 혁신이 가능하고, 다양한 활동을 펼칠 수 있는 공간

처음 지혜샘을 기획했을 때 교사들의 걱정이 많았다. 이 공간에서 정말 수업이 가능할지, 그리고 세 영역의 공간이 구분되지 않고 한 공간으로 연결되어 있어 3개 반의 수업이 동시에 가능할지도 의문이었다. 실제로 교사의 목소리가 커지는 강의식 수업은 다른 수업에 방해가 되기 때문에 동시에 여러 수업을 진행하는 것이 어렵다. 하지만 토론식 수업은 소곤거리는 수준의 소음이기 때문에 1, 2층에서 3개의 수업이 동시에 가능하다.

실제로도 지혜샘에서는 3개 반의 수업이 동시에 일어나며, 서로에게 큰 피해를 주지 않고 자유롭게 수업을 진행한다. 심지어 시간표가 다른 용남고 학생들과의 동시 수업도 진행되는데, 서로에게 피해를 주지 않으려는 배려는 또 하나 덤으로 얻게 되는 배움이다.

지혜샘에는 교사가 언제든지 편하게 토론 수업을 진행할 수 있도록 모든 교재와 필기도구 등을 미리 구비해 두었다. 안쪽에는 전자 칠판과 태블릿 PC와 같은 ICT 장비가 있고, 무선 출력 시스템도 설치했다. 지혜샘에서는 수업 시간에 학생들이 태블릿 PC로 바로 정보 검색이 가능하고, 결과물을 그 자리에서 출력하거나 전자 칠판으로 함께 볼 수 있다. 토론 수업을 진행할 때 학생들은 지혜샘으로 가자고 먼저 제안한다. 그 이유는 단순하다. 편하기 때문이다.

막연하게만 생각했던 배움 중심 수업과 융합 수업이 이 공간에서 쉽게 이루어지는 것을 보며 수업의 변화를 위해서는 '교사의 노력뿐 아니라 그 노력에 맞는 공간이 주어져야 한다.'라는 것을 느낀다. 물론 아직 부족한 것이 많지만 공간을 통해 수업을 변화시킬 수 있다는 희망을 가지게 된 것이다.

지혜샘은 쉬는 시간이나 점심시간, 방과 후 시간, 주말에는 주로 도서관으로 활용된다. 따로 관리하는 교사 없이 학생들이 스스로 관리하도록 했지만 도서관 본연의 모습을 잃지 않고 잘 유지되고 있다. 지혜샘이 생긴 후 도서관을 찾는 학생의 수는 5배 이상 급격히 늘었다. 책을 읽는 학생, 조용히 이야기를 나누는 학생, 메이커 스페이스에서 무언가를 만드는 학생이 공존하는 모습을 지켜볼 때면 이곳이 학습 공간을 넘어 학생들의 또 다른 생활 공간이 되었다는 것을 느낀다.

주말에는 마을 학교가 열리기도 한다. 이 부분은 지혜샘을 만들

메이커 스페이스는 관련 수업이 이루어지거나 메이커 동아리 학생들이 주로 활동하는 공간이다. 이 공간은 주말에도 학생들이 자주 찾는 인기 있는 공간이다.

때 중요하게 생각했던 것 중 하나인데, 용남중 학생뿐만 아니라 외부 사람들과도 함께할 수 있는 활동을 지혜샘으로 가져오고 싶었기 때문이다. 100여 명 정도를 수용할 수 있는 넓은 공간을 유지한 것도 그 까닭이다. 주말이 되면 다른 학교 학생들과 지역 주민들을 포함해 약 50여 명의 사람들이 지혜샘에서 다양한 활동을 한다.

이 외에도 지역 미술관과 연계해 전시를 하고, 외부 강사를 초빙해 강연을 열거나 학생들이 자발적으로 기획한 행사를 진행하기도 한다.

스스로 서는 힘을 키우는 학교를 꿈꾸며

공간 혁신이 가져온 변화

용남중의 목표는 학교 혁신이었다. 프로그램을 운영하는 것을 넘어 학교의 디자인을 바꾸고 생활과 학습 공간을 늘리며 다양한 시도를 했고, 이런 시도들은 학교에 큰 변화를 가져왔다.

무엇보다 놀라운 점은 지혜샘과 채움뜰이 생긴 후 학생들의 자치 활동이 늘어났다는 것이다. 공간이 생기니 학생들은 그 공간 안에서 끊임없이 '무언가'를 하기 시작했다. 개인적인 활동을 하기도 하고, 여러 명이 함께하는 행사를 진행하기도 한다. 그러면서 자연스럽게 학생들 간의 소통이 늘어나고 다른 학년, 다른 학교, 지역 주민들과의 활동에 참여하면서 사회성을 키워 나간다. 이 과정을 통해 학생들은 자신이 하고 싶은 것이 무엇인지, 그것을 하려면 어떻게 해야 하는지 알아내고, 그 안에서 즐거움을 찾는 방법을 익힌다.

두 번째는 공간의 변화가 수업 변화로, 그리고 수업의 개선으로 이어졌다는 점이다. 주변 동료 교사들은 예전에는 그렇게 어렵던 수업 개선이 지금은 너무 쉽게 이루어진다고 말한다. 이전처럼 교사 개인의 연구와 시도만으로 힘겹게 개선하는 것이 아니라 변화한 공간에서 수업 방식이 토론형, 융합형으로 달라지는 경험을 하게 된 것이다. 교사들은 이런 경험을 쌓으며 수업 개선의 자신감을 키운다. 학생뿐만 아니라 교사도 학교 공간 혁신의 수혜자이다. 공간 혁신으로 교사도 이전보다 더 행복하고 편안하고 즐거워진 것이다.

공간 혁신을 진행하며 가장 크게 느낀 것은 '공간은 정말 중요하다.'라는 것이다. 물론 공간 혁신의 과정이 쉽지만은 않았다. 하지만 이 공간은 학생을 위한 공간이며 나를 위한 공간이라는 생각으로 공간 혁신에 도전해 보길 바란다. 교육의 진정한 즐거움과 보람을 그 어느 때보다 큰 감동으로 느껴 볼 수 있을 것이다.

"학교 공간을 혁신하면서 느낀 것은
'이 공간을 누가 사용할 것인가?'가 가장 중요하다는 점이다.
아무리 잘 만든 공간이라도
학교 구성원들이 사용하지 않으면 아무 소용이 없다."

— 교장 심중섭

교육 과정을 빛내는
학교 공간 혁신

서울 당곡고등학교

학교 공간
혁신의 계기

다양한 교육 과정을 담아낼 공간의 필요성

2017년 공모 교장으로 당곡고에 처음 오게 되었다. 당곡고의 첫인상은 어려운 교육 환경에도 학생과 교사 모두 교육 활동에 적극적으로 참여하려는 의지가 느껴지는 학교였다.

　당곡고는 2010년 자율형 공립고로 지정되었고 2012년부터는 이미 선진형 교과교실제를 운영하고 있었다. 2017년부터 교육부는 2015 개정 교육 과정의 도입과 안착을 위한 각종 선도 학교, 연구 학교 등을 지정했는데 당곡고는 2017년 6월 소프트웨어 중점 학교로 지정되었고 그해 9월에는 연합형 교육 과정* 운영에 참여하게 되었다.

2018년에는 개방 연합형 교육 과정 선도 학교로 지정되었고 2019년에는 소프트웨어 선도 학교로 지정되었다. 2019년에는 고교학점제 연구 학교로 지정되어 3년간 운영하게 되었고, 2020년에는 서울형 고교학점제**인 공유 캠퍼스에 참여했다.

당곡고 교육 과정의 가장 눈에 띄는 특징은 완전 개방형 교육 과정이라는 점이다. 2, 3학년의 경우 과목 간 칸막이를 없애 한 학기 동안 학교 지정 과목을 제외한 여섯 개 과목을 자유롭게 선택해서 듣는 교육 과정을 운영하고 있다.

이처럼 교육 과정과 관련된 다양한 시도를 하면서 이를 뒷받침해 줄 공간의 필요성이 커졌고, 이런 필요가 학교 공간 혁신 사업의 참여로 이어졌다.

공간 혁신 사업 선정과 공간 선택하기

2018년 1월 관내의 교육지원청에서 '학교 공간 재구조화 추진 사업'에 대한 공문이 왔다. 다양한 교육 과정을 담아낼 공간이 필요한 상황에 이 사업은 3억 원이라는 큰 예산을 지원받을 수 있는 좋

---

* **연합형 교육 과정(공동 교육 과정)**
서울시교육청에서 도입한 연합형 교육 과정은 인근의 일반 고등학교들이 참여하여 교육 과정을 공동 운영하는 것을 말한다. 주로 방과 후 시간에 선택 과목을 개설하는 방식으로 운영된다.

** **고교학점제**
고등학생들이 적성과 희망 진로에 따라 필요한 과목을 선택해 배우고, 기준 학점을 채우면 졸업을 인정받는 제도이다.

은 기회였다. 마침 신청서를 받을 때가 방학이었고 지금에 비해 학교 공간 혁신에 대한 현장 교사들의 관심이 비교적 적었던 시기였기 때문에 경쟁률이 낮은 편이었다. 여기에 개방 연합형 교육 과정 선도 학교로 지정된 점 등이 좋은 평가를 받아 사업에 최종 선정될 수 있었다.

사업에 선정된 후 가장 먼저 한 일은 학교 내 혁신이 필요한 공간을 결정하는 것이었다. 첫 번째는 정보관 1층의 창의 체험 활동 공간(아고라실)이었다. 이곳은 무척 개방감이 있는 곳이지만 학교 구성원들이 잘 사용하지 않는 공간이었다. 두 번째는 본관 1, 2층에 있는 홈베이스로, 현재는 협업실과 자주실로 불리는 공간이다. 이 공간은 정비되지 않은 채 방치된 상태였는데 이를 개선하여 활용도를 높이기 위해 선정했다. 세 번째는 본관 1층의 동아리실(창의실)이었다. 작은 공간으로 나누어져 있어 일부 학생들만 사용하던 것을 개선할 목적이었다.

이 외에도 추가로 예산을 지원받아 교사 연구실과 정보관 3층의 노후된 도서관 공간을 개선했다. 교사 연구실은 교사 휴게실 겸 학부모 휴게실로 바꾸었는데 다른 다섯 공간과는 달리 교사와 학부모의 쉼과 휴식, 대화를 위한 공간을 만들었다는 데에서 특별한 의미를 찾을 수 있다.

꿈을 담은
교실 만들기

진행 과정: 학교 구성원과 함께 학교 공간 만들기

2018년 2월에 선정된 사업은 서울시교육청 '꿈을 담은 교실'(약칭 꿈담)이라는 이름의 공간 혁신 사업이었다. 원래 이 사업은 초등학교만을 대상으로 진행하던 사업이었는데 중고등학교로 대상을 확장하는 과정에서 당곡고가 선정된 것이었다. 이 사업의 장점은 예산 관련 업무와 시공사 발주 등을 교육청에서 직접 하기 때문에 학교는 어떠한 공간을 어떻게 개선할 것인지에 대한 논의에만 집중할 수 있다는 것이다.

사업에 선정된 후 가장 먼저 한 일은 사업 추진을 담당할 TF 팀을 구성한 것이다. TF 팀에는 학생과 교사, 학부모가 참여했고 공간 혁신 사업을 진행하는 데 필요한 여러 가지 사항들을 협의하고 진행하는 데 도움을 주었다.

3월에 담당 건축가가 배정되었고, 5월부터는 학교 구성원이 모여 공간 혁신 워크숍을 개최했다. 워크숍에서는 다른 학교의 공간 혁신 사례를 살펴보았다. 당시 국내에서는 중고등학교에서 공간 혁신 사업을 진행한 사례가 많지 않아 미국, 독일 등 외국 학교들의 공간 혁신 사례를 중심으로 살펴보며 공부했다. 그다음에는 공부한 내용을 바탕으로 여러 번에 걸쳐 '우리가 원하는 공간은 무엇인가'에 대해 생각을 나누고 토론하는 시간을 가졌다. 서로 다른 다양한 의견들을 모으고 스케치와 메모를 반복하며 상당히 오랜 시간 논의를 진행했다.

워크숍 과정은 공간 혁신 사업에서 가장 중요한 부분이다. 이 과정에서 학교 구성원이 원하는 공간이 무엇인가에 대한 충분한 논의와 협의가 이루어져야 공간 혁신이 좋은 결과를 낳을 수 있기 때문이다. 워크숍에서는 학생, 교사, 학부모가 자신의 의견을 적극적으로 표현하며 서로의 생각을 이해하고 공통점과 협의점을 끌어내야 한다.

워크숍을 진행하는 과정에서 선정한 공간에 대해 많은 의견을 들을 수 있었다. 아고라실에 대해서는 주로 '공간으로 내려가는 계단을 다양하게 활용할 수 있으면 좋겠다.' '작은 스터디 룸을 여러 개 설치해 주면 좋겠다.'라는 의견이 나왔다. 협업실과 자주실, 창의실에 대해서는 '깨끗하고 밝은 공간으로 변화되면 좋겠다.' '여러 명이 함께 활동할 수 있는 넓은 테이블이 있으면 좋겠다.'라는 의견이 많았다.

6월에는 건축 전문가가 워크숍에서 논의된 내용을 중심으로 설계 시안을 만들어 왔다. 시안을 수정·보완하는 작업을 거쳐 여름

< 홈베이스 >

20322 장흥희

1층 홈베이스 · 2층 홈베이스
ㄴ 뭐고 쾌적했으면 좋겠다
ㄴ 소파가 없고 편했으면 좋겠다.

(자)

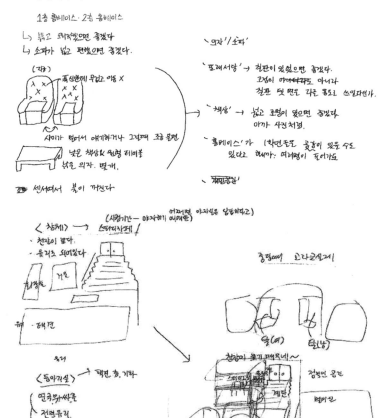

푹신한데 무겁고 이동 X

사이가 멀어서 얘기하거나 그럴때 조금 불편
낮은 책상& 원형 테이블
낮은 의자. 몇개.

센서떠서 불이 꺼진다

'의자 '/소파'

'또래서당' → 칠판이 있었으면 좋겠다.
                고정이 아니더라도 아니라
                칠판 뒷 면로 다른 용도로 쓰일거면.

'책상' → 넓고 코멍이 없으면 좋겠다
           아까 사진처럼.

'홈베이스'가 1학년동도 공간이 있을 수도
있다고 해.까? 여러명이 들어가요

'재민공간'

< 강당체 > → 스탠딩자체 / (시청기는 - 야자하기 어려면)   어쩌면 야자실은 없앰하다고)
· 천장이 높다.
· 유리로 되어있다.
· 책면   층당에 모라교실게시

< 동아리실 > → 댄펀, 총,기타
(연극당싸로
(전면유리.

육(여)   탈(남)

천장이 뚫기 팩목나

스탠디스회   정정인 공간
      계판   멕미반

              거두그 창등)

공간 혁신 워크숍에서 학생들이 작성한 공간 스케치이다. 이 스케치를 공유하고 자신이 원하는 공간을 직접 설명하는 시간을 가졌다.

아고라실은 학생들이 평소 잘 활용하는 공간이다. 주로 방과 후나 쉬는 시간, 점심시간에 오가며 쉬거나 이야기를 나눈다. 특히 안쪽의 그룹 토론실은 가장 경쟁이 치열한 공간이기도 하다.

방학(7월 중순~9월 중순)에 시공을 진행했고 9월 중순에 완공했으며 10월에는 개관식을 열었다.

아고라실 둘러보기

아고라실은 대규모 토론이나 소규모 토론을 할 수 있고 때로는 공연과 전시도 가능한 공간으로 변화했다. 이전에는 매트가 깔려 있고 주로 택견이나 댄스 연습을 하는 공간이었기 때문에 많은 학생들이 사용하기 어렵고 환경도 깨끗하지 못했다.

이 공간은 높이가 서로 다른 의자와 책상을 두어 한 학급 정도의 학생들이 동시에 토론할 수 있는 공간으로 설계했다. 기존에 있던 계단에도 원목을 덧대어 의자를 만들었는데 이곳을 활용하면 최대 50여 명 규모의 대규모 토론도 가능하다. 실제로 이 공간은 디자인 싱킹(Design thinking) 특별 활동 프로그램, 독서 토론 대회, 홍콩 학생 방문 환영 행사 등 대규모 행사에 활용되었다.

그리고 한쪽에는 소규모 토론이 가능한 두 개의 그룹 토론실을 만들었다. 한 개의 그룹 토론실은 8~10명 정도의 학생을 수용할 수 있다. 이 공간은 학생들이 동아리 활동, 스터디 룸 등으로도 잘 활용하는 공간이다.

아고라실의 공간들은 유리창으로 구분되어 있다. 전면은 모두 유리 벽으로 되어 있어 운동장을 바라볼 수 있고, 그룹 토론실도 유리창으로 구분해 전체적으로 개방감 있고 밝은 공간으로 구현했다.

협업실·자주실 둘러보기

자주실과 협업실은 각각 1층과 2층에 위치해 있고 구조는 같다. 다른 점이 있다면 자주실에는 창문이 없다는 것이다. 자주실과 협업실은 홈베이스로 사용했던 곳으로 사물함과 소파 한두 개, 책상이 지저분하게 놓인 상태였다.

자주실과 협업실에는 창가나 벽쪽에 카페식 선반형 테이블을 설치했다. 이 공간은 학생들이 독서나 공부를 할 때 주로 활용한다. 가운데에는 비교적 큰 테이블을 두어 소그룹 활동을 할 수 있

자주실은 1학년 교실이 있는 1층에 위치해 1학년 학생들이 주로 사용한다. 창문이 없다는 점이 아쉽지만 조명을 많이 배치해 밝은 분위기를 자아낸다..

도록 꾸몄다. 벽에는 계단식의 공간을 만들고 작은 테이블과 의자를 몇 개 더 두었다.

자주실과 협업실은 하나의 용도로 사용되는 공간이 아니다. 학생들은 이 공간을 사용 목적에 따라 휴게 공간이나 학습 공간, 특별 활동 공간 등의 용도로 사용하고, 교사들은 연극 수업 등 수업 시간에 이용하는, 활용도가 높은 공간이다. 이 공간에서 일어나는 다양한 활동들이 서로 시너지 효과를 낼 수 있을 것이라 기대한다.

협업실은 2학년 교실이 있는 2층에 위치해 2학년 학생들이 주로 사용한다. 협업실과 자주실 모두 수업 시간에도 활용할 수 있는 다목적 공간이다.

창의실 둘러보기

창의실은 전시나 공연을 할 수 있는 공간이다. 바닥에 마루를 깔고 한쪽 벽면 전체에는 거울을 설치했다. 천장도 별도의 인테리어로 공간감을 주고 역동적인 분위기를 더했다.

이 공간은 예전에 4개의 동아리실이 있었던 장소였다. 관리가 되지 않아 항상 지저분하고, 해당 동아리 학생들 외에는 거의 사용하지 않아 활용도가 떨어지는 공간이었다. 공간 혁신 사업을 진행하

창의실은 폴딩 도어를 설치해 필요에 따라 공간을 다양하게 분리해서 사용할 수 있다.

며 4개 공간의 벽을 모두 터서 하나의 공간으로 새롭게 변화시켰다.

두 개의 교실을 합친 크기이기 때문에 필요에 따라 분리해서 사용할 수 있도록 중문을 접이식으로 설치했다. 복도와 맞닿은 부분은 폴딩 도어를 설치해 필요에 따라 열어서 활용할 수도 있다.

창의실은 평소 택견 수업이나 기타 수업 등 학생들의 창의 체험 활동 시간에 활용되고, 연극이나 합창 공연을 위해 연습하는 장소로도 쓰인다. 특히 중문과 폴딩 도어를 열면 창의실 앞 마루와 복도가 모두 개방되어 공연이나 행사를 할 때 보다 많은 학생들이 참여할 수 있다.

마음과 마음을 나누는 휴게실(마마방)

진행 과정: 자발적으로 관리하고 꾸미는 학교 공간

2018년 학부모 휴게 공간 설치 학교로 선정되면서 기존의 교사 연구실을 학부모와 교사가 모일 수 있는 휴게 공간으로 변화시켰다. 500만 원의 예산을 지원받아 기본적인 하드웨어를 갖추고, 부족한 것은 사업의 담당 교사와 동료 교사들이 자발적으로 채워 나갔다.

마마방에서는 간단한 다과를 언제나 무료로 제공한다. 커피와 같

마마방은 이름 그대로 '마음과 마음'이 만나서 만들어지고 유지·관리되는 곳이다.

은 소모성 비품은 교사들의 후원금으로 구입한다. 추가 예산은 없지만 교사들이 자발적으로 관리하고 지원하며 부족함 없이 운영되고 있다. 공간의 이름은 공모를 통해 결정했는데 '마음과 마음을 나누는 공간'이라는 의미로 '마마방'이라고 부르게 되었다.

마마방 둘러보기

이 공간을 만들며 가장 중점을 둔 부분은 카페처럼 예쁘고 편안한 공간을 구현해 보자는 것이었다. 그리고 누구에게나 열린 자율적인 공간을 만들려고 노력했다.

마마방은 다목적으로 활용된다. 학부모들은 마마방에서 자유롭게 모임을 하기도 하고, 교사와 만나 이야기를 나누기도 한다. 그리고 교사는 쉬는 시간이나 점심시간에 동료 교사들과 커피를 마시며 담소를 나누거나 간단한 회의를 하고 음악을 감상하며 쉴 수 있다.

마마방은 큰 교무실과 회의실 중간에 있어서 접근성이 매우 좋다는 장점이 있다. 2018년 꿈담 사업, 2019년 도서관 현대화 사업 등을 통해 당곡고의 학교 공간 혁신 이야기가 전국적으로 알려지면서 학교나 교육 기관의 방문 횟수가 많아졌는데, 방문하는 분들이 가장 부러워하는 공간이 바로 마마방이다.

도서관
현대화 사업

진행 과정: 공간 혁신에 대한 열망으로 일군 특별한 도서관

2018년 꿈담 사업을 통해 네 개의 공간을 바꾸고 나니 학생들의 공간 활용도가 확연히 높아졌다. 효과가 눈에 보이자 공간 혁신에 대한 열망이 조금 더 커졌다. 교사들이 함께 논의한 결과 이번에는 도서관을 변화시켜 보자고 의견을 모았다. 도서관이 노후화되어 개선이 필요한 상황이긴 했지만 도서관 혁신의 필요성에 대해 교사들의 의견이 모인 데에는 한 가지 이유가 더 있었다. 학교에서는 '아침 독서'를 시행하고 있었는데 마땅한 장소가 없었던 것이다. 어쩔 수 없이 학생 식당 3층을 이용하고 있었지만 아무래도 음식을 먹는 장소인 탓에 위생 문제도 있고 냄새가 남아 있어 독서에 방해가 되었다.

2019년부터 도서관 공간을 혁신하는 사업을 진행하겠다는 계획을 세웠지만 지난해에도 예산을 받은 탓에 교육청의 추가 예산을 받기는 쉽지 않았다. 고민 끝에 도서관 혁신에 동의한 학부모들과 함께 이 지역의 시 의원, 국회 의원, 구청장 등을 찾아가 꾸준히 도움을 청했고, 결국 7월에 서울시 예산 지원이 확정되어 도서관 현대화 사업을 진행하게 되었다.

먼저 협업할 건축 전문가를 선정해야 했는데 전체적인 학교 공간의 통일성을 위해 2018년 사업을 함께했던 건축가와 다시 진행하기로 했다. 그리고 2018년 사업의 경험을 살려 학생과 교사, 학부모가 TF 팀을 구성하고 두 달에 걸쳐 '우리가 원하는 도서관'에 대해 공간 혁신 워크숍을 진행했다.

워크숍 외에도 TF 팀에 참여한 학생이 직접 전교생을 대상으로 설문 조사를 진행했다. 기존의 도서관에 대해 학생들은 주로 '어둡다.' '좁다.' '시설이 노후화됐다.' 등의 답변을 했고, 혁신 방향에 대해서는 '열린 공간, 편안한 공간이 있었으면 좋겠다.'라는 답변을 했다. 어떤 시설을 원하는지 물으니 '열람 공간 확대' '그룹 공간 및 개인 공간 설치' 등의 의견을 내놓았다. 교사들은 도서관 협력 수업을 위한 공간이 필요하다는 의견을 주었다.

협의가 마무리된 후 건축가에게 설계 시안을 받았고, 수정·보완을 거쳐 최종 설계를 확정했다. 석면 철거 공사 때문에 바로 시공에 들어가지는 못했지만 공사 이후 작업을 시작해 2020년 3월 도서관을 완공할 수 있었다.

도서관 둘러보기

도서관은 크게 네 영역으로 구분된다. 첫 번째 영역은 도서관 중앙을 가로질러 있는 서가이다. 양쪽으로 책을 꽂을 수 있는 갤러리형으로 약 3만 5천 권 정도를 소장할 수 있다.

두 번째 영역은 열람 및 자습 공간으로, 도서관을 이용하는 학생들이 책을 보거나 간단한 개인 과제를 하는 공간이다. 창가 쪽에도 카페식 테이블을 별도로 마련해서 보다 많은 학생들이 동시에 이용할 수 있다. 이 영역에는 총 네 곳에 빔 프로젝터를 설치해 도서관 협력 수업이 가능하도록 구현했다.

세 번째 영역은 강의 공간이다. 이 공간은 한 학급 정도가 도서관 협력 수업을 할 수 있게 만들었다. 5명 정도 앉을 수 있는 동그

◆ 도서관에는 책걸상으로 구현한 열람 및 자습 공간 외에 편안한 자세로 책을 읽을 수 있는 공간을 따로 마련했다.

◆◆ 도서관 내에 구현한 강의 공간은 최대 60여 명의 학생들을 수용할 수 있다. 또한 통유리창을 통해 학교 내에서 가장 멋진 풍경을 볼 수 있는 곳이기도 하다.

란 테이블 6개가 있어 총 30명 정도가 참여할 수 있고, 더 많은 인원을 수용해야 할 때는 뒤쪽 계단까지 의자로 활용해서 최대 60여 명이 함께할 수 있다. 이 공간이 지닌 또 다른 특징은 통유리창을 넓게 설치해 개방감을 확보했다는 점이다.

마지막으로 네 번째 영역은 그룹 공간이다. 6명 정도가 소그룹 활동을 할 수 있는 2개의 공간을 별도로 마련했다.

도서관은 오전 7시경 아침 독서 시간을 시작으로 저녁 자율 학습 시간까지 열려 있다. 아침 독서는 매일 50여 명이 참여하는 프로그램으로 만족도가 매우 높은 편이다. 방과 후에는 자율 동아리 활동, 각종 독서 모임 등의 장소로도 활용할 수 있다. 또한 열람석을 이용하여 야간 자율 학습도 진행하고 있다.

일과 중 도서관 협력 수업이 진행되는 곳은 자습 공간이나 강의 공간이다. 두 개 학급이 동시에 진행할 수 있고 무선 AP 시설이 있어 노트북이나 태블릿을 자유롭게 이용할 수 있다. 그룹 공간은 점심시간 및 방과 후 시간에 주로 사용하는데, 미리 신청을 받는다. 학생들의 선호도가 높아 항상 예약이 많은 편이다. 그룹 공간은 교사들이 온라인 수업 영상을 녹화하는 장소로도 자주 이용된다.

오래 머무르고 싶은
학교 공간을 꿈꾸며

공간의 변화가 학교 구성원의 변화로

학교 공간 혁신 후 당곡고에는 많은 변화가 생겼다. 우선 학생들이 학교에 머무는 시간이 길어졌고 학생과 교사가 변했다. 학생들은 대부분 책상과 의자, 교탁, 컴퓨터나 빔 프로젝터 등을 갖춘 교실에서 생활해 왔다. 하지만 공간 혁신을 통해 새롭게 변화한 교실은 달랐다. 변화한 공간에서 생활하며 학생과 교사들은 이전과 다른 생각을 할 수 있게 되었다.

무엇보다 학생과 교사들은 자발적으로 새로운 시도를 하기 시작했다. '여기에서 뭘 좀 해 봐야지.' '이런 동아리 활동을 해 보면 어떨까?' '그룹 활동을 한번 해 봐야겠다.' '혼자 조용하게 공부해야지!' 등 학교 구성원들의 다양한 시도가 눈에 보일 정도로 늘어났다. 자연스럽게 학교에 머무르는 시간도 길어졌고 학교에 대한 애정도 많아졌다. 이것이 학교 공간 혁신으로 얻은 가장 긍정적인 효과다.

두 번째로 학교에 대한 자부심이 무척 커졌다. 새롭게 변화한 학교 공간을 자랑스럽게 여기는 학생들이 늘었고, 당곡고에 진학

하고 싶어 하는 학생들도 늘어났다. 이런 변화가 학생들에게만 있었던 것은 아니다. 학부모와 교사도 변화한 학교 공간에 대해 자부심을 가지게 되었다.

마지막으로 다양한 교육 과정과 관련된 교육 활동들이 이전보다 더 많이 이루어지고 있다. 도서관, 창의실, 협업실·자주실에서 이루어지는 다채로운 수업들을 볼 때면 혁신 공간이 가져온 변화를 절감하게 된다.

불안과 어려움을 극복하는 법

물론 진행 과정에서 아쉬운 점도 있었다. 국내에서 참고할 수 있는 사례가 많지 않아 외국 사례를 주로 찾아보았는데 국내에 적용하기 어려운 경우가 많았다. 부족했던 시간도 아쉬움으로 남는다. 사업이 선정된 후 준비, 워크숍, 설계, 시공 등을 진행하는 데 시간이 충분하지 않아 정해진 기한 내에 공사를 마치기 위해 전체적으로 진행을 서둘러야 했다. 그 밖에도 학생과 교사, 학부모의 참여를 더 확대하지 못했던 점, 유지·관리를 위한 예산 지원이 부족했던 점도 아쉬움으로 남는다.

이 외에도 여러 가지 어려움이 있을 수 있다. 그래서 많은 교사들이 학교 공간 혁신을 앞두고 불안해하거나 실제로 진행하는 동안 많은 고충을 겪기도 한다. 이런 교사들에게 도움이 되었으면 하는 마음으로 학교 공간 혁신 사업을 진행할 때 염두에 두어야 할 것들을 정리해 보았다. 첫 번째, 좋은 공간 혁신 사례를 많이 접해 보는 것이 필요하다. 관련 연수나 도서, 영상 등을 찾아보고 다양한 사례를 참고하여 어떤 공간이 좋은 공간인지 그리고 어떤 방향으로 진행할지 충분히 고민하는 것을 추천한다.

두 번째, TF 팀을 잘 활용하는 것이 좋다. 사업을 진행하면서 가장 어려웠던 점은 구성원들의 의견을 모으는 일이었다. TF 팀 참여를 제안하면 '굉장히 힘들겠다.' '고생만 할 것이다.'라는 생각에 쉽게 수락하지 않는다. 나는 해당 공간과 관련 있는 교과 교사들에게 먼저 제안했다. 예를 들어 도서관 같은 경우에는 사서 교사, 디자인이나 기술 관련 논의가 필요할 때는 예체능 교과 교사, 홈베이스는 교무 부장에게 참여를 요청했다. 평소 공간에 관심을 두고 있는 교사들도 자발적으로 참여할 수 있게 독려했다. 학생들의 경우 원하는 전공이 공간·건축과 관련된 학생들에게 참여를 권유했다. 이 학생들은 적극적으로 참여하고 의미 있는 의견을 많이 제시해 공간 혁신 사업이 성과를 내는 데 큰 도움을 주었다. 학교 관리자인 나를 포함하여 TF 팀에 참여한 교사, 학생, 학부모 모두 처음 해보는 일이라 어려움도 있었지만 결과적으로 좋은 성과를 만들었고 모두가 큰 보람을 느낄 수 있었다.

사용자를 위한 공간 만들기

학교 공간 혁신 사업을 진행하면서 깨달은 점은 '이 공간을 누가 사용할 것인가?'가 무엇보다 중요하다는 점이다. 아무리 잘 만든 공간이라도 학교 구성원들이 사용하지 않으면 아무 소용이 없다. 따라서 공간 혁신 사업을 진행할 때는 공간을 사용할 구성원들이 중심이 되도록 하는 것이 핵심이다. 일부 참여자들의 생각만 너무 강조된다면 더 많은 사람들의 의견을 반영할 수 없게 된다. 그럼 결국 공간의 활용도도 떨어지게 될 것이다.

개인적으로 TF 팀에 참여할 때 가장 신경을 쓴 것은 '교장이지만 TF 팀원 중 한 명, 1/N으로 참여해야 한다.'라는 점이었다. 의견을 강하게 제시하거나 관리자 위주의 분위기가 되지 않도록 유의했다. 학교는 학생과 교사, 즉 학교를 사용하는 사람들을 위한 공간이라는 점을 명심하고 열린 마음으로 논의를 진행해 간다면 큰 어려움 없이 모든 과정을 학교 구성원들과 함께할 수 있을 것이다.

학교 구성원들과 함께 학교 공간 혁신의 과정을 밟아 나가며 새로운 도전과 새로운 경험을 하게 된다. 교육 과정을 변화한 공간에 담아낼 수 있다면 학교 본연의 교육 활동에도 큰 도움이 될 것이다. 학교 공간이 변화를 거듭하며 보다 폭넓은 교육 과정을 담아낼 수 있는 공간, 학교 구성원이 오래 머무르는 공간 그리고 어느 때나 와서 즐기고 싶은 공간이 되길 꿈꿔 본다.

3부

.
.

배움과 공간의
경계 허물기

: 미래 학교를 상상하다

"학교 공간 혁신은 학교라는 삶의 공간이
미래를 준비하는 디딤돌 역할을 할 수 있도록 변화시키는 것이면서,
그 과정 자체가 학교 구성원이 성장할 수 있는 좋은 기회이다."

— 특수 교사 김은미

한 아이 한 아이를 존중하는
학교 공간과 미래 학교

광주 본촌초등학교

작은 희망에
싹을 틔우다

마음에 작은 씨앗을 품다

학교 공간 혁신과의 만남은 우연한 기회에서 비롯되었다. 뉴스 기사를 검색하다 흰색이 아닌 다양한 색으로 벽을 칠한 교실에서 낯선 모양의 책상에 앉거나 누워 있는 학생들의 사진을 보게 된 것이다. 학생의 발달 단계에 맞게 교육 과정을 재구성하는 것에 관심이 많았던 나는 그 사진을 계기로 학생의 발달 단계에 따라 교실 공간을 다양하게 구성하는 발도르프 교육˙의 배움 공간에 관심을 갖게 되었다.

'저런 학교 공간은 어떻게 만들었을까?'라는 궁금증을 갖고 자

˙ **발도르프 교육**
1919년 루돌프 슈타이너에 의해 세워진 발도르프 학교에서 출발한 대안 교육으로, 이 학교의 교과 과정이 후대까지 영향을 미쳐 교육 운동으로 발전하게 되었다. 발도르프 학교는 1994년에 열린 세계 교육부 장관들의 회의에서 21세기 교육의 모델로 선정되었다.

료를 찾아보다가 강원 고성 공현진초의 사례를 접하게 되었다. 사진으로 만난 공현진초 학생들은 수업 시간에 교실의 카펫이나 낮은 벤치형 의자에 둥그렇게 앉아 교사를 바라보고 있었다. 발도르프 학교에서는 이런 교실 공간을 '움직이는 교실'이라고 부른다.

미국 실리콘 밸리에 있는 발도르프 학교의 사례도 인상적이었다. 학교 현관에는 곡선 형태의 처마가 설치되어 있고 다양한 색상의 교실에는 정형화되지 않은 책상이 놓여 있었다. 그 공간에서 느껴지는 자유로움은 미래 학교란 어떤 모습이어야 할지 생각하게 했다.

여러 가지 사례를 찾아보며 공간 혁신에 대해 고민하던 중 공현진초에 직접 가 볼 수 있는 연수 기회가 생겼다. 공현진초에 도착하자마자 마주한 건 자연이 둘러싼 작은 학교의 풍경이었다. 입구 왼쪽의 담벼락에는 교사와 학생들이 함께 그린 벽화가 있고, 바닥에는 커다란 달팽이 그림이 있었다. 교실 뒤쪽에는 오두막이 있었는데 마침 학생들이 그 아래에서 활짝 웃으며 나무 장난감으로 소꿉놀이를 하고 있었다. 그 모습을 보며 '아이들은 공간 안에서 이런 모습으로 살아가는구나.'라고 생각했다. 오두막 옆 컨테이너에는 목공실이 있는데 학생들이 이곳에서 직접 목재를 다듬어서 교실에 필요한 물건을 만드는 수업을 하기도 하는 곳이었다. 6일의 연수 동안 학교 곳곳을 탐색하며 교사로서 공간 혁신에 대한 가능성과 욕구를 느꼈다. 학생들과 소통하며 학교를 교사와 학생이 모

두 가고 싶은 공간으로 만들고 싶다는 희망의 작은 씨앗을 마음에
품게 된 것이다.

'세상이 변화하기를 바란다면 당신 자신이 그 변화가 되라'

학교 공간과 관련된 연수에 참여하며 공간 혁신이라는 마음의 씨
앗을 키워 가던 중 이사를 하게 됐다. 새로 옮겨 간 집은 리모델링
이 필요한 상황이었는데 문득 전문가에게 맡기지 않고 직접 꾸며
보면 좋겠다는 생각이 들었다. 셀프 리모델링을 하며 공현진초에서
보았던 라주어 페인팅*을 시도했다. 결과는 기대 이상이었다. 단순
히 방의 색을 바꾼 것 이상의 편안함을 느낄 수 있었던 것이다.

　공현진초는 각 학급마다 교실의 색깔이 다르다. 저학년은 따뜻
한 살구색, 5~6학년은 이성적인 사고를 자극하는 노란색이 라주
어 페인팅 기법으로 칠해져 있었다. 학생들의 발달 단계에 따라
색을 달리한 것이다. 독일의 발도르프 학교에서도 교육 과정 안에
습식 수채화** 프로그램을 넣어 학생들이 다양한 색을 경험하게

＊　**라주어 페인팅(Lazure painting)**
스펀지에 물감을 묻혀 매우 촘촘하게 여러 번 두드리는 페인팅 기법이다. 얇고 투명한 색깔들이 여러 겹으로 칠
해져 부드러운 질감을 띤다.

＊＊　**습식 수채화(Wet painting)**
젖은 종이 위에 그림을 그리는 기법이다. 먼저 칠한 색상이 건조되기 전에 덧칠하여 색상이 번지는 효과를 낸다.
구체적인 형상을 나타내기보다 색상들이 서로 어울리며 자연스러운 멋을 만들어 낸다.

하고, 그 색채 경험을 활용해 실제 자기가 사는 공간을 라주어 페인팅으로 꾸며 보는 활동을 한다. 이는 발도르프 교육에서 교육을 치료적 접근으로 보기 때문에 가능한 것이기도 하다.

　나 또한 셀프 리모델링의 경험을 통해 색이 주는 치유의 힘을 깨달을 수 있었다. 공현진초와 독일의 발도르프 학교에서 활용하는 예술과 삶의 연계 과정을 직접 체험해 본 것이다. 마하트마 간디는 "세상이 변화하기를 바란다면 당신 자신이 그 변화가 되라."라고 했다. 나에게서 시작되지 않는 변화는 학생들의 삶에도 의미가 있을 수 없다.

공간 혁신의
시작

창에 별을 만들어 붙이는 작은 시도

2014년 광주 일동초에 발령을 받으면서 소소하게나마 공간 혁신을 시도해 보았다. 처음으로 한 것은 창문에 별을 만들어 붙이는 활동이었다.

　학생들과 함께 다양한 색깔의 별을 만들며 각각이 지닌 의미에 대해 이야기를 나누었고 자기가 만든 별을 창에 붙이기도 했다. 학생들은 색깔을 배열하는 과정에서 자신만의 색깔을 찾고 서로

여러 색으로 조합한 별이 햇빛과 만나면 더 아름답게 빛난다. 별뿐만 아니라 색종이로 만든 다양한 결과물들을 창에 붙여 보는 활동을 했다.

소통하며 협력하는 경험을 할 수 있었다.

가장 기억에 남는 장면은 별을 창문에 붙인 후 햇빛이 비치자 학생들이 "와!"하며 탄성을 질렀던 모습이다. 작지만 함께 변화시킨 공간에서 마치 나와 학생들의 마음이 연결되는 것 같았다. 이 활동은 특수 학급 학생들과의 수업뿐만 아니라 통합 학급의 장애 이해 수업에서도 해 보면 좋은 활동이다.

작지만 다양한 공간 혁신의 시도

별을 만들어 붙이는 것을 시작으로 좀 더 다양한 시도를 해 보았다. 먼저 동료 교사들과 협력 수업을 진행했다. 수업 시간에 만든 작품들을 학생들과 함께 교실의 여러 공간에 배치했다. 학생들은 자신의 작품뿐만 아니라 다른 학생들이 만든 작품들도 함께 살펴보며 다양성과 창의성을 키울 수 있다.

그리고 학생들이 바닥에 테이프로 그림을 그리고 그 위에서 직접 놀이를 해 보는 활동도 했다. 이 경험은 학생들 스스로 놀이를 찾고 놀이 방법을 만들어 내며 공간을 변화시키고 직접 활용하는 의미 있는 활동이었다.

학생들이 본격적으로 공간 혁신에 참여할 수 있는 방법은 무엇일까 고민하다 '원목 책상 만들기 프로젝트'를 진행했다. 책상에 잘 앉아 있지 못하는 특수 학급 학생들이 책상을 좀 더 편하고 친근하게 느끼도록 책상 제작 과정에 참여해 보는 프로젝트였다. 목

원목 책상 만들기 프로젝트로 학생들과 함께 만든 원형 책상이다. 직접 만든 책상을 사용하며 학생들은 교실에 더욱 애착을 가지게 될 것이다.

공 전문가를 초빙해서 재료 준비, 재단, 제작 등의 작업을 진행했다. 학생들은 재료를 사포질하는 과정 등에 참여하도록 해 책상과의 연결 고리를 만들 수 있도록 유도했다.

실제로 전체 작업 중 특수 학급의 학생들이 참여할 수 있는 과정은 많지 않았다. 하지만 평소에는 5분도 한자리에 앉아 있지 못하던 학생이 책상을 완성한 다음 날 아침 등교하자마자 바로 책상에 앉아 책상을 쓰다듬는 모습을 볼 수 있었다. 원목의 재질과 냄새를 느껴 보기도 했다. 비언어적인 모습으로 확인한 변화였지만 작은 역할이라도 책상의 제작 과정을 함께한 결과였다.

공간 혁신에 대한 열정

일동초에서 했던 다양한 시도들은 새로운 공간 혁신을 준비할 수 있는 기초 작업이 되었다. 집을 지을 때 주춧돌을 놓는 작업이 중요하듯 내게는 그 경험들이 주춧돌의 역할을 해 준 것이다.

공간 혁신에 대한 관심을 꾸준히 유지하며 다양한 자료를 살펴보던 중 몇 가지 인상적인 사례를 접했다. 그중 하나가 광주 광산구청의 '엉뚱' 프로젝트이다. 많지 않은 예산으로 교사와 학생이 함께 공간을 만들고 공간의 주인이 되는, 즉 공간 주권을 찾아가는 과정을 볼 수 있었다.

그리고 충남 천안의 한 신축 학교 사례도 무척 인상적이었다. 별도의 공간 혁신 예산이 있던 것이 아님에도 인테리어를 하는 과정에서 학교 전체를 라주어 페인팅으로 작업했다. 이 작업을 주도했던 학교 관리자의 소회를 들으니 그 작업이 행정적·제도적인 측면에서 쉽게 받아들여지지 않아 어려움이 있었다고 한다. 하지만 학생들에게 좋은 영향을 미칠 것이라는 확신이 있었고, 결과적으로 학생과 학부모에게 매우 긍정적인 반응을 얻었다. 이처럼 학교 공간은 예산이 적더라도 학교 관리자의 의지만으로도, 교사 한 명의 열정만으로도 변화할 수 있는 것이다.

"꿈을 밀고 나가는 힘은 이성이 아니라 희망이며, 두뇌가 아니라 심장이다."라는 도스토옙스키의 말처럼 무엇을 시작할 때는 머리가 아닌 가슴의 열정을 먼저 느끼려고 노력한다. 공간 혁신에 대한 열정은 4년간 근무했던 일동초를 떠나 본촌초로 가는 순간에도 계속 이어졌다.

특수 학급 교실을
새롭게 만들다

본촌초에서의 새로운 도전
본촌초는 특수 학급이 신설되는 학교를 미리 알아본 후 전입 신청을 해서 가게 된 학교였다. 특수 교육을 받는 학생뿐만 아니라 장애 여부와 상관없이 모든 학생이 오고 싶어 하는 공간을 직접 구현해 보고 싶었다.

2018년 2월 본촌초에 발령을 받자마자 공간 혁신을 꼭 하고 싶다는 메시지를 담은 파워포인트 자료를 준비해 교장실을 찾아갔다. 준비한 자료를 보이며 "교장 선생님, 저는 학교 공간에 관심이 많습니다. 특수 학급 공간을 단순히 특수 교육을 받는 학생들만의 공간이 아닌 모두가 오고 싶어 하는 공간으로 만들고 싶습니다. 그 공간에서는 굳이 의도하지 않더라도 자연스럽게 통합 교육이 이루어질 수 있을 것 같습니다."라고 말했다. 조금은 당돌했던 교사의 말을 교장 선생님은 경청해 주었다. 그러고는 행정 담당자를 불러 상황을 전한 후 이미 진행된 특수 학급 신설 관련 스케줄을 변경할 수 있는지, 설계 내용을 변경할 수 있는지 물었다. 담당자와 함께 대화를 나누며 조금이나마 변경의 여지가 생겼고, 나는 공간 혁신의 기회를 얻을 수 있었다.

돌이켜 보면 교사의 당돌한 시도를 긍정적으로 바라보고 길을 열어 준 관리자를 만난 덕분에 몰입해서 공간 혁신을 실행할 수 있었다는 생각이 든다. 공간 혁신을 위해서는 무엇보다 학교 관리자의 의지와 관심이 매우 중요하다는 사실을 깨닫게 된 순간이었다.

예산, 알뜰하게 활용하기

광주시교육청의 특수 학급 신설 예산이 증액된 것도 공간 혁신의 밑거름이 되었다. 신설 학급 예산은 시도 교육청마다 조금씩 다르다. 광주의 경우 전년도에 3,000만 원이었던 예산이 4,000만 원으로 늘어났다. 4,000만 원 안에서 친환경적인 소재를 사용해 공간 혁신을 하는 것은 쉬운 일이 아니었지만 전년도 예산에 비해서는 분명 나아진 것이었다.

물론 계획대로 진행하기에는 예산이 부족해서 비용 절감을 위해 많은 노력이 필요했다. 특히 설계비로 사용할 수 있는 예산이 적게 책정되어 어려움이 있었다. 지금은 설계 단계에 대한 이해가 높아져서 현실적인 설계비가 책정되었고 설계비로 공사비의 8% 정도, 필요할 경우 인테리어 가산으로 1.5배 증액해서 사용할 수 있다. 하지만 당시에는 200만 원 정도의 설계비(공사비의 5%)가 책정되어 있어 원하는 수준으로 시설 설계를 하기에는 부족했다. 그래서 어쩔 수 없이 설계 도면에 참고하기 위해 직접 아이디어를 내서 평면도를 그렸고, 어설프더라도 가구 도면을 위한 그림을 그리는 등 여러 가지 작업에 참여했다. 그 과정이 쉽지 않았지만 창의적인 아이디어를 떠올리고, 학교 공간에 대해 고민하고, 문제 해결 과정을 경험하는 배움의 시간이기도 했다.

아이디어 모으기

교실을 만들 때는 다양한 아이디어가 필요하다. 그렇게 떠올린 아이디어 중 하나가 교실에 구현한 오두막이다. 우리 집에는 2층 침대가 있는데 아이들이 그 침대를 매우 좋아한다. 그 모습을 보며 학교에도 2층 침대 같은 공간이 있다면 학생들이 좋아할 것이라는 생각이 들었다. 물론 교실 안에 침대를 두는 건 쉬운 일이 아니므로 오두막 형태로 유사하게 구현해 보기로 했다. 오두막 아래에는 학생들이 여유를 갖고 쉴 수 있도록 쉼터 공간을 만들었다. 지금 이 공간은 학생들에게 가장 인기 있는 장소가 되었다.

이 외에도 학생들이 '집처럼 편안한 학교'를 선호한다는 점과 개별적인 교육이 필요하다는 점에서 아이디어를 얻어 바닥에는 난방 시스템을 설치하기도 했다.

설계와 시공, 전문가와 함께하기

설계 과정에서 건축에 문외한인 내가 공간의 평면도를 보고 그 평면도에 따라 어떻게 가구를 배치할지 고민하려니 공간 배치에 대한 그림을 수십 번씩 그려야 했다. 가구 설계도 쉽지 않았다. 도면을 그린 후 가구 설계 전문가인 지인에게 개인적으로 검토를 부탁했다. 물론 이 과정도 여러 번 수정을 반복했다.

학교의 가구는 대부분 조달청에서 기성품을 사거나 입찰로 진

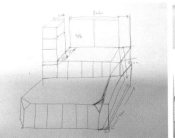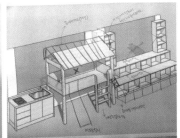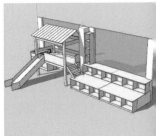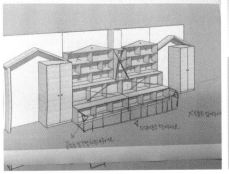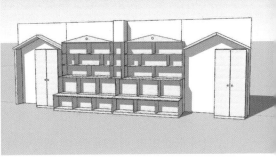

직접 그린 어설픈 가구 설계도가 전문가의 손길을 거쳐 입찰 가능한 설계 도면으로 완성되었다.

행되기 때문에 고정형 가구들이 대부분이고, 소재도 MDF*에 필름
을 입힌 것이 많다. 학생들의 발달 단계나 특성에 맞춰 가구를 유
연하게 변화시키거나 편안한 느낌을 주기 어려운 것이다. 따라서
가구 설계가 반드시 필요했다. 하지만 공간 혁신 예산에는 가구 설

---

* **MDF(Medium Density Fiberboard)**
나무의 섬유 조직을 분리하여 접착제를 밀어 넣고 강한 압력으로 눌러서 만든 중밀도의 판재이다. MDF는 표면
이 매끄럽고 밀도가 높으며 가볍다는 장점이 있다. 가격도 저렴해 실내 인테리어에 많이 사용된다. 하지만 물에
닿으면 변형이 일어나기 쉽고, 접착제가 사용되어 새집증후군(새가구증후군)의 원인이 될 수 있다.

계 비용이 따로 포함되어 있지 않았다. 학교 관리자에게 가구 설계의 필요성을 설득해 가구 전체 비용의 10% 정도를 설계에 쓸 수 있게 되었다.

그 결과 교실 안의 모든 가구를 설계를 거쳐 만들 수 있었다. 직접 그린 도면을 들고 친환경 나무 재료로 가구 설계를 하는 곳을 찾아가 입찰 공고를 할 수 있도록 설계 도면 작업을 진행했다.

공간 혁신을 할 때 중요한 과정 중 하나는 입찰이다. 이때 많은 문제가 발생할 수 있기 때문이다. 낮은 금액만을 기준으로 입찰을 진행하게 되면 아무리 좋은 설계를 하더라도 좋은 질을 담보하기 어렵다. 따라서 입찰 과정에서 업체에 이 공간이 특수 교육을 받는 학생들의 공간이기 때문에 좀 더 세밀하게 신경 써야 하는 부분들이 있다는 사실을 재차 강조했다. 다행히 시공을 담당한 업체에서 작업을 잘 진행해 주었고 결과적으로 만족스러운 공간이 탄생했다. 편백나무를 벽에 설치하는 과정에서 모서리 부분을 일일이 사포질해서 깎아 주었던 그분들의 배려는 지금 생각해도 참 감사하고 따뜻하다.

모든 학생이 오고 싶어 하는 교실

완성된 특수 학급 교실은 나의 바람대로 학교의 모든 학생이 오고 싶어 하는 공간이 되었다. 기존의 교실에 비해 훨씬 따뜻하고 편안한 공간이었기 때문이다. 특수 학급 수업을 받는 학생들도 이

특수 학급 교실이 모든 학생들이 편하게 공부하고, 놀고, 쉴 수 있는 공간이 되길 바란다.

교실에서 행복하고 즐거운 시간을 보내고 있다.

이렇듯 학생들이 오고 싶어 하는 편안한 교실을 만들기 위해 공간은 모두 친환경 소재를 사용했고 가급적 원목을 많이 활용했다. 창가에는 수납이 가능한 벤치형 의자를 두었고 그 위에 여러 개의 쿠션을 배치했다. 이곳에서 학생들은 쉬거나 책을 보고 국어나 사회 수업을 듣기도 한다.

어느 날 한 학생이 자신이 그곳에 누워 창을 바라보는 모습을 사진으로 찍어 달라고 한 적도 있었다. 평소 수줍음이 많고 자폐성 장애가 있는 학생이었는데 이 공간에서 편안하고 긍정적인 느낌을 받은 것 같아 기뻤다. 또한 아직 책으로 채우지 않은 빈 서가의 가장 아래 칸에 들어가 장난치거나 쉬는 모습을 보면 학생들이 이 공간을 나보다 더 창의적으로 활용하고 있구나 싶어 신기할 정도다.

교실에 앉아 있으면 창문 너머에서 빼꼼히 교실 안쪽을 바라보는 저학년 학생들의 눈과 마주칠 때도 있다. 창문을 드르륵 열더니 "선생님, 여기는 어떤 애들이 와요?"라고 묻기에 웃음이 터졌다.

가끔 통합 학급 학생들이 이 학급에서 특수 교육을 받는 학생을 직접 데려오기도 한다. 이 공간에 대해 궁금하기도 하고 오고 싶은 마음도 들어 "선생님, 얘가 가고 싶대요."라고 하면서 데려오는 것이다. 나중에 그 학생들이 속한 학급의 담임 교사에게 물으니 '특수 학급에 가는 친구'라는 놀림이 사라지고 학생들 대부분이 이 교실에 오고 싶어 한다는 이야기를 들을 수 있었다. 애초 바랐던 것처럼 특수 학급 교실이 모든 학생들이 오고 싶어 하는 교실이 되었다는 생각에 기쁘고 뿌듯했다.

학생들의 삶과 미래를 고민하는 일

학교 공간을 새롭게 구성하고 그 공간을 살리는 일은 공간 안에서 학생들이 어떤 삶을 살아가고, 어떻게 서로 소통하며, 어떻게 배우는지 고민하는 일이다. 나는 공간 혁신을 진행하며 많은 것을 느꼈는데 그중 첫 번째는 경험과 시도가 중요하다는 것이다. 공간에 대한 관심, 집을 셀프 리모델링했던 경험 그리고 일동초에서의 작은 시도들이 없었다면 지금의 본촌초 특수 학급 교실을 만들기는 어려웠을 것이다.

두 번째는 실패할 수 있는 용기를 갖게 되었다는 점이다. 작지만 다양한 경험을 통해 실패해도 괜찮다는 것을 배웠고 그것은 곧 자신감으로 이어졌다.

마지막은 학교 공간 혁신이 미래 사회를 살아가기 위해 필요한 역량, 즉 '미래 핵심 역량*'을 키우고 녹여 낼 수 있는 중요한 프로

---

* **미래 핵심 역량**
미래를 성공으로 이끄는 핵심 역량을 의미하며 자신감(Confidence), 협력(Collaboration), 의사소통(Communication), 콘텐츠(Contents), 비판적 사고(Critical thinking), 창의적 혁신(Creative innovation)의 6C 역량을 미래 핵심 역량이라고 한다.

젝트라는 점이다. PBL* 수업을 하며 ① 학생들은 문제에 직면했을 때 그 문제를 실제 상황에서 해결하는 과정을 배우고,(문제 해결력) ② 직접 해결하는 과정을 통해 자신만의 다양한 아이디어와 방법을 제시하며(창의력, 비판적 사고력) ③ 서로 의사소통과 협력(의사소통 능력, 협업 능력)을 하게 된다. 공간 혁신 사업에는 이러한 과정이 모두 녹아 있어 미래 핵심 역량을 키울 수 있는 프로젝트라고 할 수 있다.

예를 들어 미래 핵심 역량 중 하나인 자신감을 뜻하는 영어 단어 컨피던스(Confidence)는 신뢰·연결 등의 의미로도 번역된다. 학교 공간 혁신 사업을 통해 학교 구성원은 서로 연결되고 싶은 본능을 발휘하며 자신감을 키울 수 있다. 공간 혁신 워크숍도 마찬가지다. 여러 가지 문제를 함께 해결하는 과정에서 미래 핵심 역량인 의사소통과 협업의 능력을 키울 수 있다. 학교 공간 혁신의 과정이 학생과 교사에게 미래 핵심 역량을 키우는 경험이 될 수 있다는 점을 간과해서는 안 된다.

---

* **PBL(Problem-Based Learning)**
문제 중심 학습(문제 기반 학습)을 뜻한다. PBL은 제시된 실제적인 문제를 학습자들이 해결하는 과정에서 학습이 이루어지는 학습자 중심의 학습 환경이자 모델이다.

5층의 평상은 교실과 가까워서 접근성이 높다. 쉬는 시간에는 학생들이 휴식·놀이 공간으로 사용하고, 때로는 수업 공간으로 활용하기도 한다.

확장되는
공간 혁신의 씨앗

복도에 낮은 평상 놓기

특수 학급을 신설하는 과정을 곁에서 지켜본 동료 교사들이 "이곳에도 이런 게 있으면 좋겠어요." "이런 공간이 있으면 어떨까요?"라는 이야기를 하기 시작했다. 내가 품었던 작은 씨앗들이 민들레 홀씨처럼 퍼져 나가기 시작한 것이다. 하지만 그것과 별개로 공간 혁신 사업 예산을 별도로 받은 것은 아니어서, 학교 관리자의 동의를 얻고 학교 시설에 배정된 예산 일부를 학생들의 놀이 공간과 휴식 공간을 만드는 데 사용하기로 했다.

처음은 건물 5층에 낮은 마루 형태의 평상을 설치한 것이었다. 우연히 학생들이 찬 바닥에 앉아 노는 모습을 본 동료 교사가 그 공간을 좀 더 편안하고 따뜻한 공간으로 만들어 주자는 의견을 냈다. 해당 공간에 나무 덱을 설치하기로 의견을 모으고 비용 절감을 위해 교사가 직접 목공 작업에 참여하기로 했다. '공간 어벤져스 팀'이라는 이름으로 함께할 교사를 모집을 했는데 예상보다 많은 교사들이 모여 수월하게 작업을 시작할 수 있었다. 작업 도중에는 줄을 쳐 두고 '위험할 수 있으니 조금만 기다려 주세요.'라고 적힌 팻말을 붙여 놓았다. 이렇게 하니 학생들의 접근을 차단하면서도 그 공간이 만들어지는 과정을 학생들과 공유할 수 있었다. 많은 교사가 힘을 모은 덕분에 공사는 이틀 만에 끝이 났고 완성된 덱 위에 빈백*을 놓는 것으로 작업을 마무리했다.

---

* 빈백(beanbag)
폴리우레탄으로 만든 원단 안에 작은 충전재를 채워 넣어 신축성이 좋고 푹신한 의자이다. 형태가 고정적이지 않아 사람이 앉는 자세에 따라 자유자재로 변형된다.

평상의 크기가 크지 않았음에도 하루에 40~50명의 학생들이 몰려와 그 공간을 사용했다. 그동안 학교 안에 학생들이 편히 쉴 곳이 정말 적었다는 것 그리고 이런 공간들이 많아져야 한다는 것을 새삼 깨달았던 시간이었다.

힘을 모아 만든 상담실

공간 혁신의 두 번째 씨앗은 상담실에 내려앉았다. 특수 학급 신설이 마무리되고 학교에는 상담실을 새로 구축해야 하는 과제가 생겼다. 2,000만 원의 적은 예산에 상담 교구 구입 비용까지 포함되어

상담실 내에 별도로 마련된 상담 공간의 모습이다. 상담 공간 옆에는 넓은 평상을 마련해 학생들이 보다 편안하게 상담실을 이용할 수 있게 했다. 이곳에서는 상담 외에 다양한 활동을 할 수도 있다.

있어 실제로는 1,500만 원 정도로 혁신 공간을 만들어야 하는 상황이었다. 한정된 예산으로 더 나은 결과를 만들기 위해 여러 교사들이 머리를 모았다.

습식 수채화 경험이 있는 한 교사가 상담실 내벽에 습식 수채화 기법을 활용한 라주어 페인팅을 해 보자는 제안을 했고, 도전하는 마음으로 교사들이 직접 한쪽 벽면을 페인팅했다. 그 결과 적은 비용으로 산이 너울거리는 듯한 풍경을 담은 멋진 벽면을 완성할 수 있었다. 목재 비용을 절감하면서도 목재가 갖는 편안한 느낌을 유지하기 위해 공간을 구분하는 칸막이를 창살 형태로 구현하기도 했다.

새롭게 신설된 상담실은 학생들에게 좋은 반응을 얻었다. 학생들은 상담이 필요하지 않아도 상담실에 오고 싶어 했고 상담실 벽면을 배경으로 사진을 찍기도 했다. 학생들과 더 편안하고 따뜻한 공간에서 소통하고 싶은 교사들의 의지가 만들어 낸 결과였다.

상담실은 학생뿐만 아니라 교사들도 자주 활용한다. 교사 모임을 하거나 틈틈이 마음의 안정을 찾기 위해 들리는 활용도 높은 공간이다.

확장되는 변화의 씨앗

변화를 시도할 다음 공간을 고민하다가 학생들의 의견을 듣기 위

동료 교사는 본촌초에서의 경험을 살려 광주 서일초에 신설되는 특수 학급 교실의 벽면을 라주어 페인팅으로 꾸몄다.

해 질문을 던졌다. 그런데 예상치 못한 놀라운 일이 일어났다. 6학년 학생들에게 "학교에 필요한 공간 중 너희가 가장 원하는 공간이 뭐야?"라고 물었을 뿐인데 학생들이 직접 프로젝트를 구상하기 시작한 것이다. 학생들은 대형 패널에 몇 가지 공간 후보를 적고 4~6학년 교실을 돌아다니며 가장 원하는 공간에 스티커를 붙이는 방식으로 다른 학생들의 의견을 물었다. 그 결과 학교 건물 앞쪽에 평상을 배치해 달라는 의견이 가장 많은 선택을 받았다.

학교 관리자와 행정 담당자에게 예산을 상의하니 재료를 살 수 있는 예산 50만 원을 책정해 주었다. 적은 금액이었지만 동료 교사들과 힘을 모아 학생들에게 평상 2개를 만들어 줄 수 있었다.

우리 학교뿐만 아니라 다른 학교의 공간 변화를 이끌어 내는 경험도 할 수 있었다. 함께 공부 모임을 하던 동료 교사 한 분이 다른 학교로 전근을 가게 된 것이다. 그 교사는 본촌초에서 함께 공간을 바꿨던 경험을 살려 새로운 학교의 특수 학급 공간을 혁신하는 시도를 하고 있다.

변화의 씨앗이 확장되는 모습을 보는 것은 매우 뿌듯한 일이다. 공간 혁신의 필요성에 공감하고 실천하는 교사들의 모습과 변화하는 학생들의 모습을 보며 학교 공간 혁신이 학교를 살리는 좋은 방법이 될 수 있다는 믿음이 더욱 커진다.

특수 학교와 통합 학교: 국내외 혁신 공간 살펴보기

특수 학교의 혁신, 양주도담학교

특수 학교 중 공간 혁신을 한 학교는 많지 않다. 하지만 그 시도는 점차 늘어나고 있다. 그중 '2018년 대한민국 우수 시설 학교'로 선정된 경기 양주도담학교의 사례는 눈여겨볼 만하다. 양주도담학교는 공간 혁신을 통해서 지역 사회와 학교를 연결하는 프로그램을 많이 진행하는 학교이다. 또한 학생들이 다양하고 유연한 활동을 할 수 있는 요소를 학교 곳곳에 담아 공간을 구현했다.

양주도담학교 공간 재구조화의 특징은 네 가지로 정리할 수 있다. 첫 번째는 장애 학생 특성을 반영해서 학교 전체를 안전한 학교 환경으로 구성하려고 노력했다는 점이다. 두 번째는 특수 학교만의 고유한 특성을 반영한 창의적인 학습 환경을 조성하려고 하였다는 점이다. 교육과 놀이, 자연과 함께하는 삶의 공간으로서 종합적으로 사회를 미리 경험할 수 있도록 학교 밖 배움의 형태를 연결했다. 학교의 공간을 사회와 떨어져 있는 곳이 아닌 사회와 연결된 곳으로 구현한 것이다. 세 번째는 학생들이 학교에 소속감을 느끼고 안정된 학교생활을 할 수 있도록 층마다 심리 안정실을 두었다는 점이다. 마지막으로 네 번째는 지역 사회와 소통을 고려한 커뮤니티 학교를 만들고자 초중등학교들과 협약을 맺고 통합 교육 프로그램을 다수 진행한다는 점이다. 일례로 지역 사회 주민들과 인근 학교 학생들을 초대해서 열었던 음악회가 있다. 이런 활동 또한 공간이 마련되어 있었기 때문에 가능한 일이 아니었을까 생각해 본다.

이 외에도 학생들이 자연을 보며 편안함을 느낄 수 있게 정원을 만들고, 복도에 특별한 배움 공간을 마련했다는 특징이 있다.

양주도담학교는 안전하고 편안한 학교생활이 가능하고 다양한 활동을 녹여 낼 수 있는 공간, 특수 학교만의 특성을 반영하면서도 사회적 편견과 한계를 뛰어넘는 공간을 구현하고자 했다. 즉, 공간이 지닌 힘을 알고 잘 활용하여 특수 학교의 공간 재구조화를 실현한 의미 있는 사례라고 할 수 있다.

통합 학교를 상상하다

미래 학교에서 가장 중요하게 여기는 것 중 하나는 보편적 학습 설계[*]이다. 국내의 많은 특수 학급은 특수 학급에서 공부하는 학생들의 '개별적 필요에 의한 학습'을 주로 해 오고 있다. 즉, 대중적이고 보편적인 틀 안에서 고민한 흔적들을 찾아보기 어려운 것이 사실이다.

해외에서는 좀 더 본격적으로 '통합 학교[**]'에 대한 논의와 다양한 시도가 이루어지고 있다. 특히 독일에서는 2014년 이후 학교 신설 및 증개축의 과정에 통합 학교라는 새로운 패러다임을 적극적으로 도입하고 있다.

---

[*] **보편적 학습 설계(Universal Design for Learning)**
모든 건축물이나 시설, 생산물을 장애 유무나 연령 등과 상관없이 모든 사람들이 편리하게 사용할 수 있도록 건축 전에 모든 장애 요소들을 고려하고 그것을 설계에 반영하려는 노력을 말한다. 특수 교육 분야에서 개발된 원리이지만, 근래에는 장애인뿐만 아니라 전통적인 학교 환경에서 어려움을 겪는 모든 학생들도 혜택을 받을 수 있도록 교수-학습 시스템을 설계하는 이론으로 주목받고 있다. 이러한 보편적 설계를 '모두를 위한 디자인(Design for all)'이라고 부르기도 한다.

[**] **통합 학교**
'통합 학교'의 개념은 한국과 유럽에서 다르게 사용된다. 한국에서는 초중고 학교가 같이 있는 것을 통합 학교라고 하는 반면 유럽에서는 장애·비장애 구분 없이 함께 학교에 다니며 협력적 배움을 하는 것을 의미한다.

먼저 구스틀 바이르하머 슈트라세 초등학교의 경우 통합 학교로 기본적인 콘셉트를 설정하고 공간을 설계하였다. '큰 학교 속 작은 학교'라는 콘셉트에 맞춰 미래 지향적이고 협력적이면서 지속 가능한 교수-학습 구현이 가능하도록 공간을 유기적으로 재구조화한 것이다. 마치 하나의 기업에 다양한 부서가 있듯이 하나의 학교 안에 여러 학습관이 존재하는 형태이다. 작은 학교 역할을 하는 학습관 구조를 통해 모든 학생들에게 보다 가족적이고 친밀한 학교 분위기를 형성하고, 교사가 장애·비장애 학생의 구분 없이 개별 학생에게 더욱 효율적으로 집중할 수 있으며 다양하고 창의적인 형태의 교수-학습과 지원이 가능하다.

안토니우스 폰 파두아 초등학교는 특수 학교를 개축하는 과정에서 통합 학교로 변경한 경우이다. 2017년 통합 교육을 모범적으로 실현하는 학교에 수여되는 야콥무트 상을 수상하기도 했다. 한 학급은 장애 학생 5명과 비장애 학생 10명으로 구성된다. 이 학교는 개방된 공간으로 구성되어 있는데 가운데 위치한 교사실을 중심으로 문이 없는 여러 개의 교실이 있다. 그 교실에서 학생들이 자유롭게 수업을 받는다. 이러한 공간 구성은 교육 과정과 밀접한 연관이 있다. 학생들은 자신의 개별적인 학습 수준과 요구에 맞춰 직접 짠 주간 학습 계획표에 따라 원하는 교과 내용을, 원하는 공간에서, 자신의 학습 속도에 맞춰 탐구하고 학습한다.

이 학교의 특징 중 하나는 중앙의 홀에서 다양한 학생들이 섞여 함께 쉬고 서로 소통한다는 점이다. 이런 공간에서는 자유로운 분위기 속에서도 학생들의 배움이 일어난다. 이 학교는 통합 학교가 가진 '배움을 위한 지지 학교'의 역할을 잘 구현하고 있다. 개별적인 학습의 수준에 맞추면서도 보편적 학습 설계를 통해 학생들이 행복한 학교, 가고 싶은 학교를 만들어 가고 있는 것이다.

서로 배우는
삶의 공간을 꿈꾸며

특수 학급의 학생들과 함께하는 사용자 참여 설계

주변의 특수 교사들이 질문을 던져 올 때가 있다. "어떻게 우리 학생들과 사용자 참여 설계를 하죠?" 이런 질문을 들을 때면 나는 다시 질문을 던진다. "선생님께서는 학생들과 어떤 수업을 하고 싶으세요?" 사용자 참여 설계를 통해 학생들의 필요를 끄집어 내는 것은 중요한 일이다. 가장 중요한 미래 학교의 공간 혁신 키워드는 다양하고 유연한 수업, 학습자 중심 수업, 공간 주권, 참여, 민주적 의사 결정 등이기 때문이다.

그리고 이러한 키워드를 구현하는 방법은 교사가 어떤 수업을 하고 싶고, 학생들과 어떻게 소통하고 싶은지를 먼저 고민하고, 그런 수업을 상상하며 학생들과 소통할 수 있는 길을 만드는 것이다. 이런 관점에서 특수 학급의 학생들과 함께할 수업과 소통을 고민한다면 충분히 이 학생들과 공간에 대해 질문하고 함께 답을 찾아갈 수 있는 방법을 발견할 수 있을 것이다.

배움의 과정을 지원하기

특수 학급의 학생들에게 특수 교육을 하며 가장 많이 하는 것은 '작은 시도'이다. 나는 그것을 '베이비 스텝(Baby step)'이라고 표현한다. 특수 학급의 학생들은 어떤 과정을 한번에 완벽하게 잘하지 못한다. 그러면 그 활동을 해 낼 수 있도록 과정을 세분화하고 한 단계 한 단계씩 업그레이드해 나간다. 학교 공간 혁신 사업도 비슷하다. 경험이 전무한 상태에서 뭔가를 시도한다는 것은 불안과 부담의 연속이다. 그런 순간에 과정을 작게 나누고, 한 단계씩 시도하는 것이 좋다.

교사가 소신을 갖고 공간 혁신의 전 과정을 이끌되, 작은 단계로 나눠서 시도하고 필요한 단계에서는 사용자인 학생들의 의견을 물어보며 주변 사람들과 적극적으로 협력해 나가는 것이 필요하다. 『제3의 교사』라는 책에는 '아이들에게 컨설팅을 받아라.'라는 내용이 있다. 고민되는 지점에서 학생들에게 "이런 부분은 어때?"

라고 질문하고 답을 구하면 좋은 해결책을 얻을 수 있을 것이다.

학교 공간 혁신 사업에서 학교 구성원과 전문가의 조력은 필수이다. 적극적으로 도움을 구하고 취사 선택해서 적용하는 것은 공간 혁신 사업의 성공 여부에 큰 영향을 미친다. 이 모든 과정이 쉬운 일은 아니다. 그래서 공간 혁신 사업은 교사에게도 배움의 과정이다.

미래 학교의 배움을 위한 디딤돌

개인의 관심에서 시작해 공간 혁신의 과정을 지나면서 경험을 뛰어넘는 배움은 없다는 사실을 알게 되었다. 특히 내 안의 작은 씨앗들이 동료 교사들과 학생들의 변화로 이어졌던 경험은 무척 특별하고 좋은 배움의 기회였다.

미래 학교는 학생들이 사회 구조 안에서 공생하는 방법을 충분히 연습하고 그 과정에서 겪는 어려움을 헤쳐 나가며 협업하는 방법을 안전하게 배울 수 있는 공간이다. 기존의 학교 공간은 학생들과 다양한 활동을 하기에는 제약이 있고 때로는 걸림돌이 되기도 했다. 학교 공간 혁신은 학교가 미래를 준비하는 디딤돌 역할을 할 수 있도록 공간을 변화시키는 것이면서 동시에 그 과정 자체가 학교 구성원이 성장할 수 있는 좋은 기회가 된다.

확장되고 서로 도우며 자라나는 배움을 통해 지혜가 생겨난다.

학교 공간 혁신이 단순히 학교 공간을 재구성하고 만드는 것에 그치는 것이 아니라 모두가 함께 살아가고 함께 배워 나가는 방법을 깨우치는, 미래 사회로 나아가는 학교를 만드는 데 중요한 역할을 담당할 수 있길 바란다.

"공간을 초월하여야만 비로소 공간이 혁신되었다고 할 수 있다.
이러한 행위는 교사만으로 또는 학생만으로는 이루어 낼 수 없으며
반드시 교사와 학생이 함께 협력해야만 한다."
— 한국교육개발원 교육시설환경연구센터 선임연구위원 조진일

학교 건축의 목적,
그리고 공간 혁신

학교 공간 혁신의 개념과
디자인 방향

학교 공간 혁신이 의미하는 것

학교 건축은 일반 건축과 사뭇 다르다. 학교는 교육이라는 행위와
활동을 담는 공간이기 때문이다. 2019년 3월 26일자 교육부 보도 자
료에 따르면 교육부는 학교 공간 혁신을 아래처럼 정의하고 있다.

○ 학교 공간 혁신이란 학교 사용자의 참여 설계로, 기존의 공급자 중심의 획일화된

공간을 '상상력을 자극하는 **다양한 수업**이 가능한 교실 및 **개방형** 창의·감성 휴

게 학습 공간'으로 새롭게 조성하는 것을 말한다.

여기서 주목할 것은 '다양한 수업'과 '개방형'이다. 다양한 수업

은 교육적인 차원에서 다양한 교수-학습 방법을, 개방형은 건축적인 차원에서 닫힌 공간보다는 좀 더 열린 개념의 공간을 의미한다.

블랙 박스 스타일과 글래스 박스 스타일의 디자인
그렇다면 학교 공간은 어떻게 디자인되는 것이 바람직할까? J. 크리스토퍼 존슨은 디자인 방법을 크게 블랙 박스(Black box) 스타일과 글래스 박스(Glass box) 스타일 두 가지로 나눈다. 우리는 검은

덴마크 외레슈타드고등학교의 내부 전경이다. 이 학교는 개방적이고 혁신적인 공간으로 조성되어 있다. 좌측 상단 책걸상이 놓인 공간과 하얀 기둥에 쓰인 교실 번호를 보면 교실을 룸이 아닌 스페이스 개념으로 운영하고 있다는 것을 알 수 있다.

상자 안에 무엇이 들어 있는지 모르지만 유리 상자 안에 무엇이 들어 있는지는 쉽게 알 수 있다. 이처럼 글래스 박스 스타일의 디자인은 누구나 쉽게 이해할 수 있고 체계적·객관적이며 합리적인 과정을 통해 공간을 창출하고 연출한다. 반면에 블랙 박스 스타일의 디자인은 디자이너만의 독특한 철학이나 건축적 사고방식으로 디자인하는 것을 말한다. 따라서 사용자 참여의 가능성이 낮고 전문가 중심의 디자인이 이루어진다.

학교에는 학생, 교사, 학부모 등 여러 사용자가 있다. 생각이 다른 다양한 사용자들이 한 공간에 어울려 생활하는 공간이 학교이다. 또한 교육 과정이나 교수-학습 방법이 반영되어야 하는 공간이기도 하다. 따라서 학교 공간은 객관적이고 체계적인 방법을 통해 글래스 박스 스타일로 설계되어야만 다양한 수업이 가능한, 개방적인 학교 공간을 구현할 수 있다.

미래 사회의 변화와 학교의 비전·목표: 가치적 요구 충족

학교 건축의 목적

건축을 할 때는 그 목적을 분명히 하고 공간을 조성해야 한다. 이미 만들어진 공간을 혁신하고자 할 때도 마찬가지이다. 목적에 부합하는 공간 혁신의 과정을 거칠 때 공간을 사용하면서 느끼는 만족도가 높아질 수 있다. 건국대 이호진 명예 교수는 학교 건축의 목적을 가치적 요구 충족, 사용자 요구 충족, 미적 요구 충족, 환경적 요구 충족의 네 가지로 나누었다. 학교 건축의 네 가지 목적을 바탕으로 공간 혁신의 방향을 살펴보자.

미래 사회와 교육 환경 변화의 트렌드[*]

학교 건축에서 가치적 요구는 학교가 기본적으로 교육과 학습의 장소라는 점에서 찾을 수 있다. 학교는 미래 사회의 구성원이 될 학생들이 하루의 많은 시간을 보내면서 공부하고 생활하는 곳이다.

그렇다면 미래 사회의 교육은 어떻게 변화될까? 미래의 학교 교육 체제와 미래의 교수-학습 방법은 어떻게 달라질까? 이 질문에 답하기 위해서는 먼저 미래 사회가 어떻게 변화할지 파악해야 한다. 미래 사회 변화의 트렌드에 대한 연구는 다양하지만 그 내용을 종합해 보면 대략 여섯 가지 정도로 압축할 수 있다.

---

[*] 미래 사회 변화의 트렌드와 미래 사회 변화에 따른 교육 환경의 변화에 관한 내용은 「학교 시설 선진화를 위한 가이드라인」(조진일·이상민·최형주·유승호, 2016, 한국교육개발원) p.16, 19를 참고했다.

○ 저출산·고령화 사회의 가속과 다문화 가구의 증가

○ 지식·정보의 격차로 인한 사회적·경제적 양극화의 심화

○ 정보 통신 기술 또는 융복합 과학 기술의 급속한 발전

○ 경제 및 인적 구성 등의 세계화

○ 지구 온난화, 자원 고갈 등 지구 환경 문제의 심화

○ 우리나라만의 체제적 문제로서 남북통일

이러한 사회의 변화에 따라 교육도 바뀐다. 사회 변화에 따른 교육의 변화에 대해서도 많은 학자들이 예측을 내놓고 있다. 미래 사회 변화에 따른 교육 환경의 변화에 대한 연구 결과들을 종합해 보면 다섯 가지로 정리할 수 있다.

○ 학령 인구의 감소로 선진화된 교육이나 학습자 맞춤형 교육 등 양질의 다양한
  교육에 대한 수요 증가

○ 글로벌 경쟁 상호 교류 확대로 보다 유연하고 개방적인, 그리고 호환적인 교육
  체제로의 전환

○ 사회적, 경제적 양극화로 인한 교육 격차 심화

○ 지식 정보화 사회로의 급속한 발전에 따라 교수-학습 방법과 학습 공간의 혁

명적인 변화, 그로 인한 교육 패러다임 변화

○ 노동 시장 구조의 변화에 따른 학습과 일의 연계 강화에 대한 요구 증가

학교의 비전과 교육 목표 설정

학교 건축의 첫 번째 목적인 가치적 요구 충족의 결과물은 단위 학교, 즉 우리 학교의 비전과 교육 목표를 설정하는 것이다. 이는 미래 사회와 교육 그리고 학교 교육 체제 등의 변화를 고려하여 우리 학교의 실정을 살펴보고 도입해야만 하는 변화 요인들만 추출해 학교만의 비전과 교육 목표를 설정해야 한다는 뜻이기도 하다. 이렇게 만든 비전과 교육 목표는 교육부 또는 교육청이 정해 놓은 비전과 교육 목표가 아닌, 단위 학교의 실정에 맞고 단위 학교만의 아이덴티티(Identity)가 녹아 있는 맞춤형 비전과 교육 목표이다.

또 하나 중요한 것은 가치의 수준으로, 단위 학교의 비전과 교육 목표의 수준을 말한다. 반드시 집단의 리더, 학교의 경우 학교 관리자가 학교의 여러 상황과 여건에 따라 컨트롤할 수 있는 수준에서 비전과 교육 목표를 설정하는 것이 무엇보다 중요하다. 학교의 상황과 여건이 바뀌면 비전과 교육 목표도 수정·보완되어야 하기 때문이다.

학교 건축의 목적 중 가장 기본적인 것이 바로 학교의 가치를 설정하는 것이다. 공간 혁신의 과정에서 우리 학교의 비전과 교육 목표를 설정할 때는 미래 사회와 교육 환경의 변화를 고려하고 단위 학교의 실정에 맞게 컨트롤할 수 있는 범위 내에서 설정해야 한다. 우리 학교만의 가치, 즉 비전과 교육 목표를 구체적으로 실현하기 위해서는 단순히 건축적인 차원에서만 접근하는 것이 아니라 반드시 교육적 차원의 협업이 필요하다.

미래 교육과
학교 사용자: 사용자 요구 충족[*]

미래 교육 과정의 변화

학교의 주 사용자는 누구일까? 바로 교사와 학생이다. 물론 이 외에 행정실 직원, 학부모, 지역 주민도 학교의 사용자라고 할 수 있다. 이러한 사용자들의 요구를 잘 수용하는 것도 학교 건축의 중요한 목적 중 하나이다.

---

[*] 미래 교육 과정의 변화, 개인 맞춤형 교수-학습 방법의 유형, 미래 교수-학습 방법에 관한 내용은 「미래형 학교 시설 기준 및 자동 산정 스페이스 프로그램 개발 연구」(조진일·최형주·홍선주·안태연·김제형·송영석, 2019, 한국교육개발원) p.32, 124를 참고했다.

앞서 언급한 가치적 요구 충족에 대한 접근은 국가 수준의 교육 과정을 단위 학교 맞춤형으로 재구조화하는 작업에서 시작된다. 이렇게 만들어진 단위 학교만의 교육 과정을 잘 운영하기 위해 다양한 교수-학습 방법을 개발·모색하게 된다. 이때 학교 사용자의 특성이 반영된다면 그 효과를 극대화할 수 있다. 이것이 사용자 요구가 무엇인지 알아내기 위한 출발점이다.

교육 과정 재구조화 작업을 위해서는 먼저 미래 교육 과정의 변화 양상을 살펴본 후 우리 학교에 맞는 것을 취사 선택해야 한다. 여러 학자들이 다양한 견해를 내놓고 있지만 그들의 공통된 의견은 역량 함양을 위한 교육으로의 변화를 강조한다는 것이다. 기존의 교육이 교과 중심의 분절적인 지식을 습득하는 것이 중심이 된 교육 과정이었다면, 미래 사회에는 단순한 지식 습득을 넘어 새롭고 다양한 상황에서 자기 주도적으로 삶을 살아갈 수 있는 역량 및 수행 능력을 함양시키는 교육으로의 근본적인 변화가 필요하다.

교육 과정을 효과적으로 운영하기 위한 공간 구성의 사례로 캐나다 밴쿠버에 위치한 서덜랜드중등학교의 기술실을 살펴볼 수 있다. 이 학교의 기술실은 목공실(Wood shop), 제도실(CAD), 전기실(Electronics), 금속실(Metal shop), 기술 교사실 등으로 구성되어 있다. 수업 시수가 적더라도 학생들이 기술이라는 과목 안에 존재하는 다양한 학습 내용을 학교에서 배울 수 있게 한 것이다. 국내 학

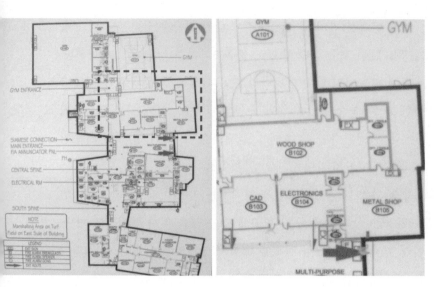

서덜랜드중등학교의 평면도로, 붉은색 테두리 부분이 기술실이다.

| 목공실 | 제도실 | 전기실 | 기술 교사실 |

교 기술실의 약 5배 이상 되는 이 공간에서 학생들은 일상에서 사용할 수 있는 여러 기술을 배우게 된다.

그럼 음악실은 어떨까? 음악실에서는 가창과 악기 연주가 모두 가능해야 한다. 공간의 제약으로 인해 각 기능을 구현할 수 있는 공

캐나다 핸즈워스중등학교의 미술실이다. 회화 작업 외에도 미술실 내에 컴퓨터 작업이 가능한 공간과 가마가
갖춰진 도예 공간이 각각 마련되어 있다.

간을 별도로 조성하는 것이 어렵다면 음악실 내에 가창 겸 악기 연
주를 할 수 있는 무대를 조성하는 것도 가능하다. 또한 개인 연습이
나 그룹 연습을 할 수 있는 작은 공간들을 조성하는 것도 필요하다.

미술실의 경우 회화 위주의 공간도 필요하지만 최근에는 일러스
트레이션이나 컴퓨터 그래픽을 할 수 있는 컴퓨터가 설치된 공간
과 도예나 공예를 할 수 있는 공간도 필요하다. 이처럼 미술실도
공간을 다채롭게 조성하여 학생들이 다양한 미술 활동을 할 수 있
도록 구현해야 한다.

미래 교수-학습 방법

그렇다면 실제 이러한 교육 과정을 어떻게 운영할 것인가, 즉 어떻게 교수-학습할 것인가를 고민할 필요가 있다. 최근 개인 맞춤형 교수-학습에 대해 관심이 높아지고 있다. 저출산으로 학급당 학생 수가 줄어들면서 개인 맞춤형 접근의 필요성이 높아지고 있다. 개인 맞춤형 교수-학습 방법은 차별화된 학습(Differentiated learning), 개별화된 학습(Individualized learning), 개인화된 맞춤형 학습(Personalized learning)의 세 가지로 구분할 수 있다.

그중 차별화된 학습과 개별화된 학습은 유사한 개념으로 볼 수 있다. 두 개념 모두 학생 개개인의 역량에 관계없이 학습 목표를 동일하게 두고, 학생 역량에 맞춰 교수하는 개인별 접근을 시도한다. 다만 차별화된 학습은 '어떻게'라는 학습 방법에, 개별화된 학습은 '언제'라는 학습 시간에 초점을 맞추는 것이 차이점이다. 수학 교과를 예로 들면 100점이라는 동일한 목표를 설정하고 이를 달성하기 위해 학생별로 맞는 방법을 찾아 적용하는 것이 차별화된 학습, 학생별로 목표를 달성하기 위한 속도에 차이를 두는 것이 개별화된 학습이라고 할 수 있다.

개인화된 맞춤형 학습은 학생마다 역량과 수준을 고려하여 목표를 달리한 교수-학습 방법을 말한다. 예를 들어 학생의 학업 성취 능력에 따라 100점 혹은 80점, 60점 등의 목표를 부여하는 식이다. 성취 목표가 다르므로 교수-학습 방법도 각각 맞춤형으로 달리하여 적용해야 한다. 개인화된 맞춤형 학습은 북유럽에서 최근 많이 시행하고 있으며 국내에서도 학교와 학생의 특성을 고려한 미래 교수-학습 방법으로서 그 적용의 필요성이 커지고 있다.

미래의 교수-학습 방법과 관련한 다양한 연구 결과를 종합하고 정리하여 미래에 중점적으로 다루어져야 하는 교수-학습 방법을 6가지로 요약해 보았다. 첫 번째는 플립 러닝(Flipped learning)이다. 블렌디드 러닝˚의 대표적인 방법인 플립 러닝은 온라인으로 개별 지식을 습득한 후 오프라인으로 학습자 간 협력적 지식 구성과 지식 창출 및 공유의 절차로 진행되는 교수-학습 방법이다. 코로나 19 확산 시기에 원격 수업의 비중이 높아지면서 온라인에서 선행 학습을 진행하고 오프라인에서 토론 수업을 하는 등 다양한 방식으로 활용되었다.

두 번째는 디퍼 러닝(Deeper learning)이다. 디퍼 러닝은 학습자가 비판적 사고 과정, 문제 해결 과정, 협력 학습, 자기 주도 학습에 참여함으로써 학습 내용을 습득하고 이를 실제 문제를 해결하는 데 적용해 보며 학습 내용을 깊이 있게 이해하는 학습자 중심의

˚ **블렌디드 러닝(Blended learning, 혼합형 학습)**
두 가지 이상의 학습 방법이 결합하여 이루어지는 학습을 말한다. 일반적으로 온라인 학습과 오프라인 학습의 장점을 결합한 학습 방식을 가리키는 경우가 많다.

학습 방법을 통칭한다. 디퍼 러닝의 대표적인 예가 스팀*이다.

세 번째는 협력 학습으로, 두 명 이상의 학습자 간 협력을 통해 지식을 구성하고 해결책을 탐색하는 교수-학습 방법을 말한다. 네 번째는 놀이 학습이다. 놀이 학습은 학습자의 적극적인 조사와 탐색, 다양한 인적·물적 자원과의 상호 작용을 통해 이루어지는 교수-학습 방법을 말한다. 다섯 번째는 몰입형 가상 현실 학습이다. 몰입형 가상 현실 학습은 AR, VR, MR** 등을 활용한 학습과 시뮬레이션 학습을 말한다. 마지막으로 여섯 번째는 OER(Open Educational Resources) 활용 학습이다. OER 활용 학습은 개방된 학습 자원에 대한 학습자의 접근·활용·재생산을 허용하여 교육적 목적을 달성하는 것이라고 할 수 있다.

미래 교수-학습 방법과 학교 공간

그렇다면 미래 교수-학습 방법에 대응하는 학교 공간은 어떤 곳일까? 외국의 사례를 살펴보며 그 상을 짐작해 보자. 호주의 한

---

* 스팀(STEAM)

스팀은 과학(Science), 기술(Technology), 공학(Engineering), 인문·예술(Arts), 수학(Mathematics)을 통틀어 말하는 것으로, 학문의 경계를 넘나드는 융합형 교육을 의미한다.

** AR, VR, MR

AR(Augmented Reality)은 증강 현실로 현실 세계를 기반으로 가상의 그래픽을 입혀 사용자에게 보여 주는 기술이고, VR(Virtual Reality)은 가상 현실로 현실 세계와 분리된 가상 세계를 현실처럼 느낄 수 있게 보여 주는 기술이며, MR(Mixed Reality)은 AR과 VR을 혼합한 형태를 말한다.

고등학교의 화학실은 하나의 교실 안에 이론 수업을 할 수 있는 공간과 실험·실습을 할 수 있는 공간을 함께 구현했다. 실험을 위해 다른 공간으로 이동할 필요가 없어진 것이다.

이 외에도 이론과 실습을 병행하기 위한 다양한 시도를 찾아볼 수 있다. 사면의 변에 앉으면 이론 수업을 할 수 있고, 모서리에는 수도, 가스, 전기 등을 사용할 수 있어 각 모서리에 모여 앉아 조별 실습을 할 수 있는 특별한 가구를 설치한 사례도 있다. 그리고 실습의 성격에 따라 1개 조의 인원을 달리 편성하는 경우 이동 배치를 용이하게 하기 위해 특별한 설비를 하기도 한다. 전기나 가스 배선을 천장으로 올려 아래로 끌어다 쓰는 오버헤드 시스템(Overhead system)인데, 이 경우 책상을 다양하게 배열하기 쉽다.

기술실과 가정실에서도 인상 깊은 사례를 찾아볼 수 있다. 규모가 작거나 공간이 부족한 학교의 경우 기술실과 가정실을 따로 두지 못하는 경우가 있는데 일본의 한 초등학교는 복합 실습대를 활용해 해결했다. 기술 시간에는 하이그로시 표면의 테이블을 활용해 실습하고, 테이블 양쪽을 접으면 가정 실습에 필요한 수도와 가스레인지를 사용할 수 있어 요리 실습이 가능하다. 접히면 드러나는 스테인리스 재질의 표면은 물을 쓰거나 칼질을 해도 마모가 되지 않아 실습에 유용하다. 또한 교사의 테이블 위에 반사경을 설치해 학생들이 쉽게 교사의 동작을 볼 수 있도록 했다.

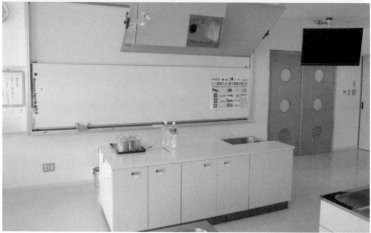

일본 치요우다 구립 후지미초등학교의 기술·가정실의 모습이다. 복합 실습대의 표면을 다 덮으면 기술실로 사용할 수 있고 양쪽을 열면 요리실로 사용할 수 있다. 또한 반사경을 통해 학생들은 교사의 실습 동작을 자신의 자리에서 쉽게 보고 따라 할 수 있다.

기구의 수준도 살펴볼 수 있는데 가스레인지, 오븐, 세탁기, 재봉틀, 전기 드릴, 다리미 등 가정에서 실제 사용하는 수준의 제품을 갖추는 것이 필요하다. 학교에서 배웠던 실습 내용을 집에서도 안전하게 활용할 수 있어야 하기 때문이다. 그뿐만 아니라 실습 후에 시식이나 품평회를 할 수 있는 공간도 마련해야 한다.

교수-학습 방법의 선택

그렇다면 교수-학습 방법은 어떻게 선택해야 할까? 교사와 학생의 특성 그리고 교과목과 학습 단원에 따라서도 달라질 수 있다. 어떤 교수-학습 방법이 필요한지는 교사가 결정하지만 사전에 학생들과의 협의가 이루어지면 보다 좋은 효과를 거둘 수 있다.

미국의 건축가인 프라카시 나이르(Prakash Nair)가 개발한 20가지 학습 양식도 참고할 만하다. 이 학습 양식은 교육 집단의 교사와 건축 집단의 전문가가 소통할 때 유용하게 쓰이는 도구이다.

예를 들어 건축가가 학교 공간을 구성할 때 교사에게 "선생님의 과목에 개별 학습이 필요하십니까?"라고 물을 수 있다. 이때 사진과 함께 제시하면 소통에 도움이 된다. 이어서 '개별 학습이 필요하다면 어느 정도 필요한가요?' '동료 학습이 필요한가요?' '필요하다면 어느 정도 필요한가요?' 등을 조사하고 분석해 교사의 교수-학습 방법에 맞춤형으로 공간을 조성할 수 있다. 이렇게 조성한 공간에서 교사는 성공적으로 교수-학습을 이어갈 수 있다.

미국의 한 고등학교를 대상으로 이 20가지 학습 양식을 적용해 조사한 결과가 있다. 이 학교의 교사들은 20가지 양식 중 프로젝트 기반 학습(PBL)에 가장 높은 선호도를 보였다. 교사 외에도 학생, 학부모, 지역 주민에게도 교수-학습 방법에 대한 조사를 진행했다. 결과는 단위 학교나 조사 대상에 따라 다르게 나타날 수 있다. 중

개별 학습 (Independent study)	동료 학습 (Peer tutoring)	교사와 일대일 학습 (One-on-One with teacher)	협력 학습 (Team collaboration)
강의식 수업 (Class lecture)	프로젝트 기반 학습 (Project-Based learning)	원격 학습 (Distance learning)	모바일 러닝 (Learning with mobile technology)
학생 발표 수업 (Student presentation)	인터넷 기반 학습 (Internet-Based research)	세미나 수업 (Seminar-Style instruction)	수행 기반 학습 (Performance learning)
교과 간 연계 학습 (Interdisciplinary study)	자연 체험 학습 (Naturalist learning)	예술 기반 학습 (Art-Based learning)	사회·감성 기반 학습 (Social/Emotional learning)
디자인 기반 학습 (Design-Based learning)	스토리텔링 수업 (Storytelling)	팀 학습 및 팀 티칭 (Team learning/Team teaching)	놀이 및 운동 기반 학습 (Play/Movement learning)

프라카시 나이르의 20가지 학습 양식은 각각 학습하는 장면을 담은 사진과 함께 제시되기도 한다. 이 경우 직관적이고 구체적으로 학습 형태를 공유할 수 있어 교육 집단과 건축 집단의 소통에 좀 더 유리하다.

요한 것은 단위 학교와 조사 대상에 맞는 교수-학습 방법을 선택하고, 이를 기반으로 공간을 조성해야 한다는 점이다.

학교 운영 방식

사용자 요구 충족을 위해서는 단위 학교에 맞는 학교 운영 방식을 선택하는 것이 중요하다. 일반적으로 학교 운영 방식은 종합교실형, 일반교실형(특별교실형), 교과교실형, 복합형, 플래툰형, 달톤형, 오픈스쿨형의 일곱 가지로 구분할 수 있다. 과거에는 많은 학교가 일반교실형을 선택했다. 하지만 최근 중등학교에서는 교과교실형을 채택하여 교과 전용 교실을 구축해 학생들이 해당 수업 시간에 교과 교실로 이동해 수업을 받는다. 그리고 2025년부터 적용되는 고교학점제의 경우는 달톤형에 속한다고 볼 수 있다. 고교학점제에서는 학생들이 스스로 선택한 교과를 이수하고, 이수 기준 이상이 되면 상급 학교로 진학할 수 있다. 즉, 학생들이 진로와 적성에 따라 다양한 과목을 선택·이수하고 누적 학점이 기준에 도달할 경우 졸업을 인정받는 제도이다.

　학교 관리자와 교사는 '우리 학교의 교육 과정을 운영하기 위해서는 어떤 학교 운영 방식이 어울릴까?'라는 질문의 선택지를 학교와 학생들의 특성을 고려해서 결정해야 한다. 그리고 그 내용에 맞춰서 교사들은 20가지 학습 양식을 필요에 따라 사용할 수 있다.

유형	장점	단점
종합교실형	· 한 교실에서 모든 교수-학습 활동이 이루어지므로 학생의 이동이 거의 없음. · 한 교실에 다양한 소규모 교수-학습 공간 조성이 가능함.	· 단위 교실의 크기가 일반 교실보다 크기 때문에 면적과 비용이 증가함. · 초등학교 저학년 이하의 교실, 유치원 교실, 특수 학급 교실에 적용 가능함.
일반교실형 (또는 특별교실형)	· 가장 일반적인 학교 운영 방식으로 모든 학급이 학급 교실(Homeroom)을 가질 수 있음. · 담임이 학급 단위의 학생들을 관리·지도하기에 용이함.	· 동일한 학급이 일반 교실과 특별 교실을 동시에 사용할 수 없으므로 교실의 이용률이 떨어짐. · 교과목마다 독특한 교수-학습 방법을 적용하기에는 한계가 있음.
교과교실형	· 교과목마다 독특한 교수-학습 방법을 고려하여 공간을 조성할 수 있음. · 이동 수업에 수준별 학습까지 병행할 수 있고, 교실의 이용률을 높일 수 있음.	· 과대, 과소 규모의 중등학교에서 운영하기에는 교원, 교과 교실의 편성이 매우 어려움. · 학생 생활 거점 장소로서의 홈베이스(개인 사물함, 휴게, 정보 검색 공간 등)가 별도로 필요함.
복합형	· 일반교실형과 교과교실형의 장점만 복합한 것으로 소규모의 학교에 유리함. · 특히 학년(군)별 또는 통합 학교에 적용할 경우 유리함.	· 모든 학급이 홈룸을 가질 수 없어 별도의 생활 거점 공간 등이 필요함. · 일반 교실의 경우 다양한 교수-학습 활동이 이루어지는 데 한계가 있음.
플래툰형	· 소규모의 학교 운영에 유리하며, 소인수 집단의 교수-학습으로 학업 성취 측면에서 보다 효과적임. · 학급 담임제와 교과 담임제를 병행하여 운영할 수 있음.	· 코티칭과 소인수 학습 집단이 전제되어야 하기 때문에 충분한 교원, 공간이 필요함. · 중규모 이상의 경우 수업과 공간의 맵핑(mapping)이 어려움.
달톤형	· 단위 학교마다의 독특한 교육 과정, 교수-학습 활동이 가능한 공간을 구축할 수 있음. · 다양한 규모의 학습 집단, 교과 및 과목 수업이 가능함.	· 공간의 물리적 유연성, 특히 크기가 반드시 확보되어야 함. · 학생들의 교과 또는 과목 선택 등에 따라 공간의 실내 환경이 수시로 변경될 수 있음.
오픈스쿨형	· 3개 안팎의 학급이 동일한 영역(zone)에서 다양한 소인수 집단의 교수-학습 활동이 가능함. · 미래 사회 및 교육 환경 변화에 보다 적극적으로 대응할 수 있는 공간 구조임.	· 공간에 대한 교사 간, 학생 간의 충분한 존중과 배려 없이는 혼란과 갈등이 발생됨. · 물리적으로 개방된 공간이기 때문에 소음 등에 취약함.

학교 운영 방식의 유형

결론적으로 사용자의 요구는 미래 사회의 변화와 미래 교육 환경을 고려해 설정한 가치, 즉 교육 비전이나 목표에 맞도록 단위 학교의 교육 과정을 재구조화하고 이 재구조화에 맞춰 학교 운영 방식을 결정하는 것이다. 이 운영 방식에 따라 어떻게 교수-학습을 다양화할 것인지가 사용자 요구의 핵심이라고 할 수 있다.

공간과 사용자의 특성에 맞는 아름다움: 미적 요구 충족

아름다움에 대한 심미적 욕구

미적 요구 충족은 말 그대로 학교 공간이 아름다워야 한다는 것이다. '아름다운'을 뜻하는 영어 단어인 'Beautiful'은 순수한 미적 아름다움에 더해 내면에 좋다는 의미, 즉 영어로 'Good'이라는 의미도 포함되어 있다. 따라서 미적 요구 충족은 단순히 외적인 아름다움만을 의미한다기보다 학교 사용자의 연령에 따라 심미적인 욕구가 다르기 때문에 학생들의 눈높이에 맞춰 미적인 부분을 충족해야 한다는 의미이다.

예를 들어 학교를 가정집처럼 꾸며서 학생들이 거부감 없이 학교에 올 수 있도록 하거나 초중고 통합 학교의 경우 나이 차이가

좌측 상단부터 시계 방향으로 특수 학교, 초중고 통합 학교 중앙 홀의 도서관, 한 고등학교의 체육관, 고등학교 교실 전경이다. 학생들의 연령대에 맞는 심미성을 고려하여 공간을 다양하게 변주한 모습을 볼 수 있다.

크게 나는 학생들 간에 상호 교류가 자연스럽게 일어나도록 중앙 홀을 구축할 수 있다. 또한 교실의 형태를 사각형이 아닌 원형으로도 구현하거나 체육관 천장에 곡선의 디자인을 가미하여 보다 부드럽고 온화한 느낌을 줄 수 있다. 다양한 미적 요구가 실제 공간에 미치는 영향은 무척 크다.

미적 구성 요소 및 원리와 공간 디자인*

미적인 것은 어떻게 구성하고 디자인하는 것이 좋을까? 먼저 건축에서 아름다움을 구성하고 있는 요소는 점, 선, 형, 방향, 크기, 질감, 명암, 색 등 8가지가 대표적이다. 미적 요구를 충족해서 학교 공간을 구성하려면 이 요소들을 적절하게 활용하는 것이 중요하다. 즉, 학교급과 학생들의 특성에 따라 혹은 공간의 기능에 따라 어떤 요소를 어떻게 적용시켜야 할 것인지에 대한 고민과 분석이 필요하다.

미적 구성 원리 또한 통일, 조화, 반복, 대조, 점이, 대칭, 균형, 비례 총 8가지를 대표적으로 꼽을 수 있다. 이 또한 학교급, 사용자, 공간 부위 등에 따라 어떠한 원리를 어떻게 적용할 것인지에 대한 분석이 필요하다.

미적 구성 요소와 원리의 활용에 대한 이해가 필요한 이유는 각 미적 구성 요소와 원리가 지닌 속성이 다르고 이 속성들이 실제 공간에서 생활하는 학생들의 행위 및 활동에 영향을 미치기 때문이다. 학생들의 특성과 사용하는 공간의 기능에 맞춰 필요한 미적 구성 요소와 원리를 조화롭게 사용하면 공간의 긍정적인 효과가 커진다.

그럼 이런 미적 구성 요소와 원리를 학교 건축의 어떤 과정에 어

---

* 미적 구성 요소 및 원리에 관한 내용은 『건축의장론』(이호진, 2001, 산업도서출판공사) p. 52, 69를 참고했다.

떻게 적용해야 할까? 학교 건축은 5단계로 정리할 수 있다.

건축 기획 ▶ 건축 계획 ▶ 건축 설계 ▶ 건축 시공 ▶ 유지·관리

학교 건축의 단계

첫 번째는 '건축 기획' 단계이다. 학교 설립이 결정되고 학교급, 학교 규모 등을 결정하는 단계이다. 기획 단계에서 학교 설립과 관련된 조건이 완성되면 땅을 사고, 건축을 계획하고, 설계한다. 이 두 번째와 세 번째 단계에서 네 가지 건축 목적을 최대한 활용하게 된다.

이 중에서 건축 설계 단계는 디자인 과정이라고도 할 수 있다. 이 과정에서 설계 기준(Design criteria)이 필요하고, 그중 하나가 의장적 기준이다. 또한 의장적 설계 기준을 설정하기 위해서는 미적 구성 요소와 원리가 필요하다. 공간의 사용자와 공간의 특성에 따라 어떤 미적 구성 요소와 원리를 적용하는 것이 좋은지 판단하는 것이다. 건축 설계 단계가 마무리되면 설계 도면대로 시공을 하고, 그 공간을 유지·관리하며 사용한다.

미적 구성 요소 적용의 한 가지로 '색(Color)'을 예로 들 수 있다. 인간은 본능적으로 형태보다는 색을 먼저 인식한다. 또한 색은 다른 건축적 요소에 비해 구현하는 데 드는 비용이 경제적이라는 장점이 있다. 따라서 학교 공간 혁신을 고민할 때 색을 잘 활용하는 것이 좋다.

2013년 영국 샐퍼드 대학 연구 팀에서는 초등학생들을 대상으로 연구한 결과, 색이 교실 설계의 중요한 요소로 작용하며 학업 성취에 영향을 미친다는 결과를 내놓았다.* 저학년의 경우 한색 계열의 색상이, 고학년의 경우 난색 계열의 색상이 학생들의 학업 성취에 좋은 영향을 미친다는 결과였다. 이 결과는 일반적으로 알고 있는 것과 상반되는 결과이다. 대개 초등학교 저학년은 따뜻한 느낌의 난색 계열, 고학년은 한색 계열이 좋은 영향을 미친다고 알고 있다. 이러한 연구 결과가 나온 이유는 연구의 초점이 학업 성적과의 연관성을 중시하고 있기 때문이다. 저학년의 경우 나이가 어려 행동이나 생각이 비교적 차분하지 못해 한색 계열의 색상을 사용하면 보다 차분한 학업 분위기를 연출할 수 있어 학업 성취에 더 좋은 결과를 보였다. 또한 고학년은 상대적으로 조숙해 토론이나 학업 분위기가 가라앉을 수 있으니 이를 도울 수 있는 난색 계열의 색상이 오히려 학업 성취에는 효과적인 것으로 나타난 것이다.

물론 색뿐만 아니라 다른 미적 구성 요소와 원리들도 학생들에게 영향을 미친다는 사실이 여러 연구를 통해 밝혀졌다. 이처럼 다양한 미적 구성 요소와 원리를 학교급, 사용자 및 공간의 특성 등을 고려해서 공간에 적용할 의장적 설계 기준을 도출하는 것이 미적 요구 충족의 결과물이다.

---

* 해당 연구 결과에 관한 내용은 「뉴스G, '교실 좀 바꿔 주세요.'」(김이진, EBS NEWS, 2015년 2월 9일자 기사)를 참고했다.

미래 사회 구성원이 자라나는
환경 만들기: 환경적 요구 충족

인문 사회적 환경과 물리적 환경

학교 건축의 네 번째 목적은 환경적 요구의 충족이다. 환경적 요구는 인문 사회적 환경과 물리적 환경으로 구분할 수 있다. 인문 사회적 환경은 학교 공간의 트렌드 혹은 디자인 패턴 등을 말한다. 인문 사회적 환경을 반영한 예로 경기 동탄 중앙초의 '이음터' 공간을 들 수 있다. 이음터는 학교 시설 복합화 사업으로 지어진 대표적인 성공 사례이다. 학교에 지역 주민이 필요한 시설을 지어서 학생뿐만 아니라 지역 주민들도 함께 이용하는 것이다. 이 외에 어린이집, 초등 돌봄 교실 등도 인문 사회적 환경을 반영한 예에 속한다.

물리적 환경은 말 그대로 물리적인 소음이나 채광, 환기, 조도, 공기 질 등을 말한다. 학교의 물리적 환경의 기준은 「학교보건법」과 「건축법」 등에 상세히 기술되어 있다. 예를 들어 학생 1인당 환기량을 시간당 $21.6 m^3$ 이상 확보하는 것, 자연 채광을 위한 개구부 면적을 교실 바닥 면적의 1/10 이상으로 하는 것, 교실의 조명도는 책상 면을 기준으로 300럭스(lux) 이상이 되도록 하는 것, 교사 내의 소음은 55데시벨(dB) 이하로 하는 것 등 오염 물질 항목마다 물리적 환경에 대한 세부 기준이 구체적으로 제시된다. 건축 설계를 할 때 이 모든 기준을 충족하도록 설계해야 한다.

친환경적 학교 건축

최근 기후 변화에 대한 우려가 커지는 등 환경 오염이 매우 심각한 수준이다. 학교가 미래 사회 구성원이 생활하는 곳인 만큼 기후 변화에 대응하는 친환경적 건축 기술과 요소 등을 적극적으로 도입해야 한다.

하나의 예로 한국교육개발원에서 진행했던 2012년 '제로 에너지 스쿨(ZES)'에 관한 연구를 살펴볼 수 있다. 이 연구에서는 실제 학교에 도입 가능한 다양한 친환경적 건축 기술 요소들을 추출해 보았다. 그중 하나가 지열이나 태양열을 이용하는 것이다. 늘 일정한 수준의 온도를 유지하는 지하의 공기를 실내에 유입해서 보다 효과적으로 냉난방을 할 수 있고 건물 옥상에는 태양광 패널과 태양열 설비를 설치해서 그곳에서 생산된 전기나 온수를 사용할 수 있다.

친환경 학교 건물에 대한 요구는 점점 강화되고 있다. 이미 학교는 「녹색 건축물 조성 지원법」에 의거하여 녹색 건축물 인증으로 우량 등급 이상을 획득해야 할 뿐만 아니라 2020년부터는 '제로 에너지 건축물 인증'을 받아야 한다. 또한 「공공 기관 에너지 이용 합리화 추진에 관한 규정」에 의거하여 건물 에너지 관리 시스템(BEMS) 3등급

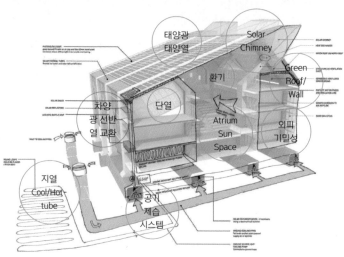

◆ 한국교육개발원(2012)이 연구 개발한 제로 에너지 스쿨(ZES)의 기본 설계 모형으로 교사동 중간에 '선 스페이스(Sun space)'인 아트리움(Atrium)과 내부 공기의 쾌적성을 위해 솔라 침니(Solar chimney)까지 디자인하였다.

◆◆ 학교 시설에 적용할 수 있는 다양한 에너지 저감 기술(예를 들어 지열, 단열, 광 선반, 열 교환, 태양광, 태양열, 옥상 녹화 등)을 적용하면 넷(Net) 제로 에너지 스쿨이 가능하다.

이상의 설계를 요구하고 있고, 「건축물의 에너지 절약 설계 기준」에 의거 에너지 성능 지표(EPI) 74점 이상의 설계를 요구하고 있다. 그 밖에도 「신에너지 및 재생 에너지 개발·이용·보급 촉진법」에 의거하여 총 에너지 사용량의 30% 이상을 신재생 에너지를 이용할 수 있도록 설계에 의무 적용하고 있고, 친환경 건축 자재 사용의 설계를 특기시방서에 명기해야 한다. 또한 「어린이 활동 공간에 대한 환경 안전 관리 기준」에 의거하여 전문 기관의 측정 결과를 준공계에 첨부해서 제출해야 한다.

이처럼 친환경적 학교 건축을 위해 노력하는 것도 중요하지만 한 가지 간과해서는 안 될 것이 있다. 친환경 학교 건축과 더불어 교육적 측면에서도 학교에 조성된 친환경적 기술 요소를 수업이나 다양한 학교 활동에 충분히 활용해야 한다는 것이다.

환경적 요구 충족의 함의

환경적 요구 충족의 결과물은 단위 학교마다 다르다. '어떤 사회적 트렌드를 받아들일 것인가.' 또는 '우리 학교는 지역 사회에서 어떤 기능을 할 것인가.' 등은 단위 학교가 처한 상황에 따라 다르다. 각 학교의 특성과 필요에 맞는 선택이 중요한 것이다.

물론 학생들의 안전과 건강 등에 직접적인 영향을 미치는 물리적 환경 조건을 충족하는 것도 필요하다. 다양한 물리적 조건들을 꼼꼼히 따져서 설계하고, 학교 공간을 사용할 때에도 이 기준들이 잘 지켜질 수 있도록 노력해야 한다.

학교 공간 혁신에 임하는 교사의 자세

어떤 공간을 만들어야 하는가

OECD에서도 공간 혁신에 대한 관심이 높다. 2015년 OECD 컨퍼런스의 주제는 FFL(Form Follow Learning)이었다. FFL은 근대 건축 시절 미국의 건축가 루이스 설리반이 사용한 'Form Follow Function'이라는 용어를 변형한 것이다. 산업 사회 이후 도시로 인구가 집중되면서 과거의 아름다움을 추구하던 건축이 기능적인 도구, 즉 많은 사람들을 수용하기 위한 기능에 집중되었다. 그 결과 직사각형의 건물들이 많이 생겨났고 그 흐름이 현재까지 유지되고 있다. FFL은 기능 중심으로 공간 형태를 디자인한다는 근대 건축의 의미로 쓰인 용어에서 'Function(기능)'을 'Learning(학습)'으로 바꾼 것이다. 이는 학교의 공간을 조성할 때 무엇보다 '학습'에 초점을 맞춰야 한다는 뜻이다.

OECD의 FFL 컨퍼런스에서 주목하는 단어는 두 가지로 집약할 수 있다. 바로 'Creativity(창의성)'와 'Innovation(혁신)'이다. 하지만 어떤 것이 창의적인 공간이고 어떤 것이 혁신적인 공간인지 구분하는 것은 쉽지 않다. 이 두 단어를 살짝 바꿔서 이해해 보면 창의적인 공간은 호기심(Curiosity, Inquiry)이 있는 공간이라고 할 수 있다. 그리고 혁신적인 공간은 흥미로운(Interesting, Stimulating) 공간으로 이해할 수 있다. 즉, 학생들이 재미있어 하고, 질문이 많이 생기고, 학생들의 흥미를 자극한다면 창의적이고 혁신적인 공간이라고 할 수 있다.

여기서 '학교는 어떠한 공간으로 혁신해야 하는가?'에 대한 답을 엿볼 수 있다. 우선 공간을 결정짓는 가장 중요한 열쇠는 바로 교수-학습 방법에 있다는 것이고, 이러한 공간은 학생 중심의 창의적이고 혁신적인 공간으로 조성해야 한다는 것이다.

교사와 학생, 모두가 성장하는 공간

요즘 학교 현장에 가면 과거에 비해 공간 혁신에 대한 높은 관심과 적극적인 태도를 쉽게 느낄 수 있다. 교육부에서도 예전과 달리 학교 공간 조성에 교사와 학생 중심의 사용자 참여 설계를 강조하고 있다. 하지만 교사와 학생들은 공간 혁신에 대한 이해나 접근에 아직 서투른 것도 사실이다. 단위 학교마다 촉진자가 중심이 되어 공간 혁신 사업을 추진하는 경우가 있긴 하지만 무엇보다 교사의 변화와 역할이 중요하다. 즉, 공간 혁신에 대한 교사의 태도가 변하는 것이 우선이다. 미래 사회 및 교육 환경 변화에 적극 대응하기 위해 교사가 새롭고 다양한 교수-학습 방법을 개발하더라도 이를 구현할 수 있는 공간이 조성되지 못한다면 한마디로 '빛 좋은 개살구'가 되고 만다는 것을 기억해야 한다.

학교 공간 혁신이 학생 중심의 다양한 학교생활을 보장하는 공간을 조성하는 것이라고 하지만, 학생 중심의 공간은 대부분 교사가 주체가 되지 않으면 이루어질 수 없다. 교사가 학습의 한 매개로서 수업이나 또는 동아리 활동 등을 통해서 학생들과 함께 공간을 자구적으로 구상하는 것이 바람직하다. 이러한 과정에서 6Cs[인성 교육(Character education), 시민 의식(Citizenship), 소통(Communication), 비판적 사고(Critical thinking), 협업(Collaboration), 창의성(Creativity)]를 고려해야 하고 교사와 학생 간, 교사와 교사 간, 학생과 학생 간의 존중과 배려가 밑바탕에 깔려 있어야 한다.

또한 학교는 학생뿐만 아니라 교사도 함께 생활하며 성장하는 곳이라고 인식하는 것이 무척 중요하다. 이러한 관점과 인식의 전환이 선행되어야 공간을 혁신적으로 조성하는 데 있어 보다 다양하고 자유로운 아이디어가 샘솟는다.

더불어 모든 수업은 교실에서만 해야 한다는 고정 관념을 깨트리고 학교의 모든 공간은 학습 공간이 될 수 있다는 생각을 갖는 것도 중요하다. 공간을 초월(beyond space)하여야만 비로소 공간이 혁신되었다고 할 수 있다. 이러한 행위는 교사만으로 또는 학생만으로는 이루어 낼 수 없으며 반드시 교사와 학생이 함께 협력해야만 한다.

그리고 혁신적인 공간은 살아 숨 쉬는 공간이어야 한다. 이는 공간에 유연성과 적응성을 최대한 부여하자는 이야기이다. 학생과 교사는 모두 학교에서 생활하면서 성장하고 있다. 이에 비해 공간이 동반 성장하지 못한다면, 즉 성장하는 학생과 교사를 잘 지원하지 못한다면 이미 혁신적으로 조성된 공간일지라도 사장될 수밖에 없다.

미래 사회는 점점 더 불확실한 사회가 될 것이라고 전망한다. 이에 교육의 장소인 학교가 불확실한 사회에 최우선적으로 잘 적응해야만 지속적으로 발전하는 사회로 유지된다. 그 가운데 학교 공간이 차지하는 비중은 매우 높을 뿐만 아니라 전반적인 교육 행위를 지배하기까지 한다. 따라서 미래 사회에 맞는 학교 공간 혁신을 위해서는 무엇보다 고정적인 사고와 인식의 틀을 깨야 한다.

물론 이것은 쉬운 일이 아니다. 하지만 앞서 이야기한 학교 건축의 네 가지의 목적을 잘 기억하고 교사와 학생, 나아가 학부모와 지역 사회 모두가 학교 공간 혁신에 대해 함께 고민하고 참여한다면 혁신적인 공간 조성뿐만 아니라 성공적인 교육 혁신까지도 이루어 낼 수 있을 것이다.

"미래 학교는 정형화된 모습이 없다.
전 세계적으로 교육 주체들과 지역 커뮤니티들이
함께 만들어 가고 있는 과정 자체가 미래 학교의 모습이다."
— 전주교대 컴퓨터교육과 교수 유정수

미래 디지털 기술과
학교 공간의 융합

사회 패러다임의 변화와
학교 운영 문화의 혁신

코로나19로 인한 교육 공간의 변화

사회 패러다임의 변화에 따라 우리는 새로운 공간에서 새로운 삶을 살게 되었다. 그렇다면 학교도 이에 발맞춰 변화했을까? 이 질문에 '예.'라고 답하기는 쉽지 않다. 미래를 위해서 학교는 반드시 바뀌어야 하는지 의문을 가진 사람들도 있다. 하지만 단언하건대 학교는 미래를 위한 학교로 바뀌어야 한다.

지금 우리는 미래를 위한 학교를 체험하고 있을까? 일부는 맞다. 이미 우리는 '미래 학교'를 체험하고 있다. 하지만 미래 학교가 지금과 다른 모습으로 우리 앞에 나타날 가능성도 없진 않다. 그래서 우리는 학교 공간 혁신을 가속화하여 미래 학교를 맞이할 준비를 해야 한다.

코로나19 팬데믹은 교육 분야에 엄청난 영향을 미쳤다. 교육 시설의 강제적 폐쇄는 학교의 디지털 테크놀로지 채택을 가속화했고, 기존의 전통적인 교수-학습 방식도 커다란 변화를 맞이했다. 비대면 수업을 실시하면서 학생들은 물리적 교실로부터 격리되었고 교사와 직접 대면하지 않는 학습을 경험했다. 교육 모델은 교사 중심 교육에서 학습자 중심 교육으로 자연스럽게 전환되었고, 교사의 역할 또한 큰 변화를 겪게 되었다. 코로나19 확산으로 배움의 공간이 변화하는 것을 직접 경험하게 된 것이다.

이러한 변화의 기저에는 '디지털'이 있다. 인터넷망이 있었기 때문에 교육 방식의 변화도 가능했다. 마우스를 클릭하는 것만으로 지식을 얻는 세상, 얼굴을 마주 보지 않고도 교수-학습이 가능한 세상이 도래했다. 그렇다면 이제 학교에서 교사의 역할에 대한 재정의도 필요한 시점이 아닐까.

미래 학교로 가는 첫걸음

학교는 교육을 통해서 학생들이 미래의 직업과 전반적인 삶에 대해 준비할 수 있도록 도와주는 곳이다. 사회 패러다임의 변화에 따라 교육 분야에도 새로운 변화가 일어나고 있는데, 특히 ICT 발달로 교수-학습 방식이 변화했다는 점과 교육 모델이 교사 중심 교육에서 학생 중심 교육으로 변화했다는 점에 주목할 만하다.

이러한 변화의 기반이 되는 것이 디지털 트랜스포메이션*이다. 디지털 트랜스포메이션, 즉 디지털 전환은 디지털 기술을 사회 전반에 적용하여 기존의 사회 구조를 혁신하는 것을 말한다. 학교 교육에서 디지털 트랜스포메이션은 ICT를 학습 환경의 일부로 활용하는 것이다. 이미 많은 학교에서 시행하고 있는 스마트폰 활용 교육이나 태블릿 활용 교육 등이 그 예이다.

코로나19로 인한 비대면의 시대에 우리는 그나마 디지털 기술을 통해 다른 사람과 만날 수 있었다. 디지털 기술의 중요한 장점 중 하나가 사회적인 상호 작용 지원이라는 것을 체험한 것이다. 여기에서 더 나아가 디지털 기술은 교육에서 불가능한 것을 보고, 경험하고, 배울 수 있게 해 준다.

학교 공간은 미래 사회를 맞이할 준비가 되어 있을까? 지금의 학교 공간은 대부분 1980년대의 교육관이 반영된 공간이다. 과연 이런 공간에서 미래 학습의 요구를 충족하고, 미래 학교에 대한 아이디어를 구현할 수 있을까? 미래 학교를 만들기 위해 먼저 학교 공간을 먼저 변화시켜야 하는 것은 바로 그러한 이유 때문이다.

---

* **디지털 트랜스포메이션(Digital Transformation , DT 또는 DX)**
새로운 디지털 기술의 혁신에 따른 프로세스 및 제품의 변화를 의미한다. 예를 들어 도서를 판매하던 회사가 디지털 기술을 사용하여 IT 서비스 공급 회사로 전환이 된 사례를 들 수 있다. 교육에서의 디지털 트랜스포메이션 중 하나는 개별 맞춤형 학습 서비스, 즉 어댑티브 러닝(Adaptive learning)이다.

미래의 직무 기술

미래 학교 공간은 어떻게 변해야 하는지 살펴보기 위해서 먼저 미래에 필요한 직무 기술이 무엇인지 알아야 한다. 앞서 언급한 것처럼 학교 공간은 학생이 미래의 삶을 준비하는 공간이기 때문이다.

최근에 나온 연구 보고서에 따르면 미래 사회는 여섯 개의 주요 동인으로 이루어지고, 이 여섯 가지 동인에 따라 열 가지 직무 기술을 필요로 한다. 이 여섯 개의 주요 동인은 사회 구조를 바꾸는 동인이다. 사회 패러다임이 변화하면 교육의 패러다임도 변화해야 한다는 점에서 보면 교육에도 이 여섯 개의 주요 동인을 적용해 볼 수 있다.

미래 사회의 여섯 가지 동인: 인력 환경을 변화시키는 파괴적 변화

여섯 가지 주요 동인 중 가장 주목할 것은 '컴퓨팅의 세계'이다. 우리는 이제 컴퓨팅을 빼놓고는 살 수 없는 세상을 살아가고 있다. 컴퓨팅이 세상을 바꾸는 근간이 되었다고 해도 과언이 아니다. 이 외에도 극단적으로 길어지는 수명, 스마트 기기 및 시스템의 부상, 새로운 미디어 생태계, 슈퍼 조직 구조의 형성, 글로벌 연결의 심화 등 나머지 동인들도 미래 사회를 살아갈 구성원에게

새로운 직무 기술을 요구하고 있다.

이 여섯 가지 동인에 따른 사회 변화로 미래 인력에게 요구되는 핵심 기술은 센스 메이킹, 사회적 지성, 새로운 적응형 사고, 문화 간 역량, 컴퓨팅 사고, 새로운 미디어 리터러시, 초학문, 디자인 사고, 인지 부하 관리, 가상 협업으로 정리할 수 있다. 이 열 가지 핵심 기술들은 감성적인 부분과 심리적인 부분, 기술적인 부분이 모두 어우러진 역량을 필요로 한다. 학교는 미래 사회를 살아갈 학생들에게 이러한 역량을 키워 줄 수 있는 공간이 되어야 한다.

구분	내용
센스 메이킹	의사 결정에 중요한 독특한 통찰력을 창출하는 데 도움을 주는 능력
사회적 지성	다른 사람들과 깊고 직접적인 방식으로 연결하고, 원하는 상호 작용과 반응을 감지하고 자극하는 능력
새로운 적응형 사고	암기 또는 규칙에 기초한 것 이상의 해결책과 반응을 생각해 내는 능력
문화 간 역량	다양한 문화 환경에서 운영될 수 있는 능력
컴퓨팅 사고	방대한 양의 데이터를 추상적인 개념으로 변환하고 데이터 기반 추론을 이해하는 능력
새로운 미디어 리터러시	새로운 미디어 형식을 사용하는 콘텐츠를 비판적으로 평가·개발하고 설득력 있는 커뮤니케이션을 위해 새로운 미디어를 활용할 수 있는 능력
초학문	여러 분야에 걸쳐 개념을 이해하는 능력과 리터러시 능력
디자인 사고	원하는 결과를 위해 작업 및 작업 프로세스를 표현하고 개발하는 능력
인지 부하 관리	중요한 정보를 식별 및 필터링하고, 다양한 도구와 기술을 사용하여 인지 기능을 최대화하는 방법을 이해하는 능력
가상 협업	생산적으로 일하고, 참여를 유도하며 가상 팀의 일원으로서 존재감을 입증하는 능력

미래 인력에 필요한 핵심 기술

세탁기 모델로 살펴보는 교육 운영 문화의 변화 사이클

사회 패러다임의 변화에 발맞춰 학교가 변화하기 위해서는 교육 운영 문화를 바꾸는 것이 중요하다. 교육 운영 문화의 변화 사이클을 세탁기 모델을 사용하여 설명하면 다음과 같다.

먼저 세탁기에 넣는 세탁물을 전통 교육이라고 한다면 미래 교육에 걸림돌이 되는 내용들을 비판·검증·검토하는 것을 애벌빨래라고 할 수 있다.

애벌빨래가 끝나면 세탁물의 종류에 따라 세탁 강도, 물의 온도, 세탁 시간 등을 선택하는데, 이때 두 가지 단계를 거쳐야 한다. 첫 번째 단계는 원하는 상태에 대한 상호 이해와 변화에 긍정적인 분위기를 조성하는 것이다. 이 단계에서는 학생들에게 더 나은 미래를 만들어 주는 방향으로 분위기를 조성하고 아이디어를 도출하는 것이 핵심이다. 두 번째는 공통적인 방법을 마련하는 것이다. 예를 들어 융합 프로젝트를 진행할 경우 구성원들 간의 팀 티칭 등을 통해 새로운 교육 과정을 개발하고 이것을 지원할 수 있는 기술은 무엇인지, 지원되는 기술 환경에서는 어떤 학습 프로세스가 필요한지 등을 잘 살펴봐야 한다.

세팅이 끝나면 세탁기를 작동시킨다. 교육 운영 문화의 변화 사이클은 이 세탁기의 작동 사이클에 해당한다. 하나씩 살펴보면 먼저 공동의 '목표'를 설정하는 도입 단계를 거쳐야 한다. 목표가 설정되면 이에 맞춰 운영 문화를 미래 지향적이고 체계적으로 바꾸기 위한 '리더십'이 필요하다. 이때 리더십은 학교 관리자의 역할과 마인드의 중요성을 의미한다. 교사와 학생이 변화하려고 해도 학교 관리자의 의식이 바뀌지 않으면 학교의 변화는 쉽지 않다. '교육학'도 교육 운영 문화 변화의 중요 키워드이다. 교육 과정의 개발과 이를 잘 구현하는 새로운 교수법 도입이 필요하고, 이를 위해서는 무엇보다 교사의 사고가 변해야 한다.

그리고 변화된 교수법 적용을 위해서는 '건축물' 즉, 공간이 뒷받침되어야 한다. 새로운 학습 형태에 맞는 공간 구축이 필요하다. 그 공간은 개방성이 확보되어야 하고 새로운 학습 형태를 적용할 수 있는 적용 가능성과 교육학적 측면에서의 다기능성이 높아야 한다. 공간에는 '기술'이 접목되어야 하는데, 이것은 디지털화가 기본이다. 기술은 새로운 교수법과 접목해 시너지 효과를 내는 등 교육학에 부가 가치를 발생시킬 수 있다. 학교 공간 혁신에 기술적인 지원이 반드시 수반되어야 하는 이유이다.

당연히 '교사의 역량 강화'도 빼놓을 수 없다. 앞서 말한 모든 것들이 갖춰져도 교사가 이것을 잘 활용할 수 없으면 무용지물이다. 교사의 체계적인 역량 강화를 위해서는 교사 스스로 여러 곳에서 자문을 받으며 훈련하는 형태도 필요하지만 직무 멘토링이나 직무 연수 등 제도적으로도 다방면의 지원이 필요하다.

마지막으로 교육 과정과 교수법, 교사 역량, 리더십, 구축한 학습 환경 등에 대한 평가와 조직적인 자기반성이 이루어져야만 교육 운영 문화의 성공적인 혁신, 즉 깨끗한 세탁물을 얻을 수 있다.

　학교 운영 문화의 변화 사이클에서 알 수 있듯이 '공간'은 교육 운영 문화가 변화하기 위한 중요한 매개체로 작동한다. 이 매개체가 없으면 학교는 스스로 원하는 새로운 가치를 창출할 수 없다. 바로 이것이 교육 운영 문화의 변화에 있어 공간의 변화가 중요한 이유이다.

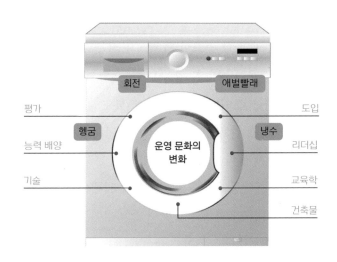

학교 운영 문화의 변화 사이클: 세탁기 모델(재구성)

미래 사회를 준비하는 학교 공간

학교 공간 혁신의 출발점

공간 혁신의 핵심 아이디어 중 첫 번째는 '모든 공간이 학습 공간'이라는 점이다. 코로나19 확산을 겪으며 우리는 학교에 가지 않고도 수업이 진행될 수 있다는 사실을 알게 되었다. 이제 학습 공간은 디지털 공간을 포함할 수밖에 없다. 따라서 학교 공간의 역할도 변화되어야 한다.

두 번째는 기존의 학교 공간이 학생들을 담는 그릇의 역할을 주로 했다면 이제는 보다 다양한 활동을 할 수 있는 '유연한 공간'으로 변신해야 한다는 것이다. 학교 공간에 협력, 개인화, 자기 주도 학습이 모두 가능한 인프라가 구축되어야 미래 학습으로 나아갈 수 있다. 학습 공간과 학습 환경에 대한 투자는 곧 학습자의 미래에 대한 투자이다. 학생들이 유연한 공간에서 다양한 활동을 통해 결과물을 얻게 되면 이 학생들은 보다 창의적이고 혁신적인 사고로 사회에 나가 활동할 수 있다.

세 번째는 학교가 '지식을 배우는 공간'이라는 점이다. 지능 사회가 도래하면서 미래에는 지능을 지닌 기계와도 함께 일하게 될 것이다. 따라서 지식 노동은 정보 사회 특징이자 지능 사회의 특징이기도 하다. ICT를 활용해 유용한 네트워크와 협력하고 솔루션 중심의 기술, 가구, 인테리어 디자인에서 서비스 중심의 공간과 가구, 인테리어 디자인으로 바뀌어야 한다.

네 번째는 사용자들이 공간 계획에 '참여'해야 한다는 것이다. 그동안의 학교 공간은 교육 정책 입안자들과 건축가들에 의해서 만들어진 공간이었다. 하지만 학교 공간을 사용하는 사람들, 즉 교육의 주체들이 학교 공간 계획에 참여하게 되면 학교 공간이 사용자의 다양한 활동을 지원하는 공간으로 탈바꿈할 가능성이 더 높아진다.

마지막으로 염두에 두어야 할 점은 앞으로의 교육이 학교 안에서 학교 구성원들만 하는 교육이 아니라는 점이다. '지역 사회'와의 연계 없이는 학교 교육을 제대로 할 수 없다. 학교는 점차 지역 사회 전체에 더 나은 서비스를 제공하는 다목적 역량 센터로 바뀔 것이다. 학습자와 지역 사회가 함께 설계한 학습 환경은 미래의 기술과 지식을 구축하기 위한 좋은 인프라를 제공할 수 있다. 따라서 미래 학교는 사용 목적에 따라 지역 사회의 요구도 수용하는 학습 환경으로 설계되어야 한다.

그럼 이러한 공간 혁신의 핵심 아이디어를 담은 학습 환경을 구현하기 위한 출발점은 어디일까? 바로 우리의 모든 사고방식을 바꾸는 것이다. 그리고 이 사고방식의 개선은 학습 환경의 개념을 확장하고 학교의 특성을 파악하며 학교 사용자와 지역 사회가 함께 변화를 시도하는 것에서 시작할 수 있다.

ICT와 교사의 정보 사회 역량

정보 통신 기술의 발달은 단시간에 우리의 일상을 완전히 바꿔 놓았다. 교육 분야에도 디지털 트랜스포메이션이 도입되기 시작했고, 인공 지능 기술의 발달은 이 흐름을 가속화하고 있다. 교수-학습에서 ICT의 역할도 주요한 이슈 중 하나이다.

특히 ICT는 공간 혁신에서 중요한 역할을 하고 있다. 학생들이 새로운 것을 배우기에 더 나은 환경을 제공할 수 있고, 다양한 기술을 활용해 학생들과 체계적인 커뮤니케이션을 가능하게 한다. 학교 공간은 이러한 ICT의 장점을 활용해 이동성과 유연성을 확대하고 다중 장치* 사용에 주의를 기울이면서 프로젝트 기반의 상호 작용이 이루어질 수 있도록 설계해야 한다.

ICT 기반의 공간을 구현할 때 가장 중요한 것은 교사의 '정보 사회 역량'이다. 공간을 혁신할 때 교사들은 공간에 대한 기획부

---

* **다중 장치(Multiplexer)**
데이터 통신에서 여러 개의 데이터 전송 회선을 다중화하여 고속으로 만들기 위한 장치를 뜻한다. 다중화기, 회선 다중 장치라고도 부른다.

역량	내용
목표 지향 (Goal orientation)	- 교육은 커리큘럼의 목표를 기반으로 함. - 학습 목표에 따라 학습 과정을 계획하고 안내하는 능력 - 학습자에게 학습 목표를 공개해야 함.
개발 및 프로세스 역량 (Development and process competence)	- 교육에 ICT를 사용하는 목표를 파악해야 함. - 자신의 교수법에 새로운 교수법을 적용하고 개발할 수 있는 능력 - ICT를 이용한 학습 과정에서 얻을 수 있는 역량이 무엇인지 파악하는 능력
셀프 리더십 (Self-Leadership)	- 학교 또는 교육 기관의 목표와 전략에 따라 자신의 교육을 지도할 수 있는 능력 - 자신의 가르침과 학습자의 학습을 위해 명시적으로 언급된 공유 목표를 설정하는 능력 - 공유적이고 협력적인 교육 리더십에 참여할 수 있는 능력
협업 및 커뮤니케이션 기술 (Collaboration and communication skills)	- 공동 작업 및 학습에 ICT를 사용하는 능력 - 커뮤니케이션에 ICT를 사용하는 능력 - 기술 매개 지도 대화 능력 - 함께 교육을 계획하는 능력(Co-Teaching)
메타인지 (Metacognition)	- 자신의 ICT 사용 프로세스를 모니터링·반영·평가하고 교육에 사용하는 능력 - ICT 사용의 기초가 되는 인지 기술 및 전략 - 전문적인 자기 지식
미래와 예상 기술 (Future and anticipation skills)	- 미래 정보 사회에 필요한 기술을 파악하는 능력 - 다양한 교수법의 효과를 예측하는 능력 - 최적의 교수법을 선택하고 교수 효과를 파악하는 능력
전문가 문화 (Expert culture)	- 교육의 계획, 실행 및 평가에 관한 전문적 절차 및 방법 - 교육적 실천을 모델링하고 명시적으로 기술하는 능력 - 정보 기술의 맥락에서 문제를 해결하고 분석하는 능력

교사의 정보 사회 역량과 ICT 사용 개발

터 설계, 시공, 평가까지 모든 과정에 참여하게 되는데 이때 교사
가 정보 사회에 대해 얼마나 이해하고 있는지, 다양한 기술을 활

용해 새로운 가치를 만들어 낼 수 있는지에 따라 구현된 공간의 차이는 확연히 드러난다.

학습 공간이라고 하면 학교 내의 교실 공간만을 생각하기 쉽다. 하지만 코로나19 확산으로 학교가 폐쇄되는 초유의 사태를 겪으며 학교 교실에서 원격 수업 플랫폼까지 학습이 이루어지는 모든 장소를 학습 공간의 영역으로 생각하게 되었다. 블렌디드 러닝의 중요도가 높아질수록 학습 공간은 실제와 가상을 가리지 않고 점점 더 영역이 넓어질 것이다. 이제는 실제 공간과 가상 공간의 여부를 떠나 오롯이 학생과 교사를 중심으로 한 학습 공간이 생성되어야 한다.

교육 공간의 확장을 위한 하이브리드 교육 공간으로서의 학교

학교 공간의 유연성

학교 공간 혁신 사업에 참여하는 학교마다 처한 상황이 다르기 때문에 어떤 학교는 아날로그와 디지털이 공존하는 하이브리드 공간으로 바꾸기도 하고, 어떤 학교는 학교 전체를 디지털 트랜스포메이션 하기도 한다.

실제 하이브리드 교육 공간으로 변화를 시도하는 학교들을 보면 유연성을 구현하는 것이 가장 큰 문제가 된다. 이미 구축된 건물을 새로운 공간으로 만들어 내는 것은 굉장히 어려운 일이다. 그래서 교사들의 더 많은 고민과 아이디어가 필요하다. 물리적인 유연성이란 단순히 재구성이 가능한 건물이나 조립식 공간을 의미하지 않는다. 물리적 유연성은 학생들의 특성, 감각 및 이동 요구를 충족하고 개인의 관행에 따라서 공간을 조정하는 것을 말한다. 실제 학교에서는 재구성이 가능한 공간을 새롭게 만들거나 기존의 복도와 같은 공간을 교육 공간으로 활용하는 경우가 많다. 이런 유형의 물리적 유연성을 아날로그와 디지털이 공존하는 하이브리드 공간에서의 유연성이라고 말할 수 있다.

구체적으로 학교 공간의 유연성에 어떤 요소들이 있는지 알아보자. 첫 번째는 유동성(Fluidity)으로 학교 공간에서 가장 중요하게 생각해야 하는 부분이다. 유동성을 고려한 공간 설계는 개인, 시각, 소리 및 공기의 흐름을 생각하여 설계하는 것이다. 예를 들어 교실 내에 스크린을 어디에 설치할지 고민할 때에는 스크린 주위에 흐르는 공간에 대한 호기심을 유발하는 것이 핵심이다. 잘 배치된 스크린은 학습 공간과의 연결감을 증가시킬 수 있다.

두 번째는 다용도성(Versatility)이다. 구내식당처럼 대부분의 공간은 특별한 사용 목적을 가지고 있다. 그러므로 다용도로 사용할 수 있는 공간을 잘 찾아내는 것이 매우 중요하다.

세 번째는 전환성(Convertibility)으로 기존의 교육 공간을 새로운 용도로 쉽게 조정할 수 있는 것을 의미한다. 교육자는 자신의 커리큘럼이나 교수법에 맞춰 공간을 자주 바꿔야 한다. 물론 이러한 전환성을 발휘하는 것은 쉬운 일이 아니다. 전환 가능성이 높은 공간을 설계하기 위해서는 '앞으로 이런 공간에서 이런 활동을 해 봐야겠다.' 같은 향후 교수-학습 계획에 대한 상상력이 필요하다.

네 번째는 확장성(Scaleability)이다. 말 그대로 구축된 공간을 확장하거나 축소하는 것을 의미하는데, 학교 현장에서는 교실이나 복도 등과 밀접한 관련이 있다.

다섯 번째는 수정 가능성(Modifiability)이다. 기존의 공간을 재구성해서 벽을 허물거나 기존 공간에 칸막이나 이동형 장비를 설치해 간단히 공간을 변형할 수 있다. 이러한 공간 설계에는 많은 예측이 필요하다. 수정 가능성이 높은 공간을 만들기 위해서는 조명 및 공기 순환을 위한 천장 구성, 칸막이 이동을 용이하게 하는 바닥 재료 등과 같은 구조적 종속성을 고려해야 하기 때문이다.

기존의 학교 공간과 ICT의 결합: 하이브리드 공간의 구현

기존의 학교 공간에 ICT를 결합하여 유동성 및 다기능성을 구현하는 방법에 대해 살펴보자. 학교 공간 혁신과 관련해 구성원들의 이해 부족, 공간 혁신 예산의 부족, 새로운 공간을 만들 물리적 공간의 부족 등이 문제되는 경우가 많다. 하지만 공간 혁신이 물리적 공간의 확장만을 의미하지는 않는다. ICT를 이용해 학교 공간을 확장하는 것도 가능한데, 이를 가상 하이브리드 공간이라고 한다.

가상 하이브리드 학교 공간의 유동성은 신체나 감각이 아닌 정보와 기호의 흐름을 강조한다. 컴퓨터 네트워크 연결은 교실이라는 물리적 공간의 한계를 넘어서 학생들의 접근 범위를 확장한다. 반면에 학생들의 물리적 탐구 능력을 제한하고, 상상력의 경로를 컴퓨터 네트워크 연결과 논리로 한계 짓는 등 오히려 유동성을 제한할 가능성도 존재한다. 예를 들어 원격 학습 교실에서 학생들은 카메라의 제한된 시야 안에 있어야 한다. 이 공간 밖에 앉아 있는 학생들은 보이지 않으므로 '결석' 처리가 된다. 학생 개인의 이동성을 제한하여 유동성을 제한하는 것이다.

하이브리드 공간을 구현할 때 유의해야 할 점이 있다. 첫 번째는 반드시 학생들을 참여시켜야 한다는 것이다. 기존의 교실 수업에서는 주로 교사 주도의 학습이 이루어졌다면 하이브리드 공간에서는 교사보다는 학습자 중심의 학습이 이루어지기 때문이다.

두 번째는 유연한 공간 구현 및 유연한 작업 방식이다. 유연한 공간이란 사용 후에 재구성이 가능한 공간이다. 이런 공간을 사용하는 사람은 유연한 사고를 할 수 있다.

세 번째는 상상력을 충분히 발휘해야 한다는 점이다. 학교 구성원들과 전문가들은 끌어낼 수 있는 모든 것을 상상하고, 이를 시뮬레이션해 본 후 공간을 설계해야 한다. 이 세 가지를 기억하고 하이브리드 공간을 만든다면 예상하는 그 이상의 결과를 얻을 수 있으리라 생각한다.

미래의 학교 공간은 어떤 모습일까?

미래 학교 공간의 건축

미래의 학교 공간은 어떻게 건축해야 할까? 미래 학교 공간의 건축은 '사고'의 건축이라고 할 수 있다. 바로 '내가 그동안 이런 학교 공간에서 이런 걸 한번 해 보고 싶었어.'라는 구성원들의 생각을 건축에 녹여 내는 것이다. 미래 학교는 구성원이 중심이 되는 공간이고, 공간을 만드는 데도 구성원의 생각이 핵심이 된다.

변화하는 공간과 기술에 대한 학습자의 적응력은 점점 더 높아질 것이다. 학생들은 이미 글로벌 공간에 살고 있는 세계 시민이다. 학교에는 이러한 학생들을 수용할 수 있는 학습 공간이 필요하다. 미래 학교 공간의 건축은 새로운 학습에 비추어 공간과 기술을 보다 효율적으로 활용하고 변화한 학습자에 걸맞는 서비스를 구현해야 한다.

미래 학교 공간 계획하기

공간 계획은 기능적인 측면에서 출발해야 한다. 학교에서 구성원들이 각자 어떤 기능을 하고 있는지 고려하고, 그것을 공간 계획에 반영해야 한다는 것이다.

학습은 근본적으로 사회적인 성격을 지니고 있다. 개인적으로 학문을 습득하는 것뿐만 아니라 2인 이상의 그룹 상황에서 학습이 더 활발히 일어나는 경우도 많다. 그래서 미래 학교 공간을 계획할 때 구성원들이 모두 참여해 서로에게 영감을 주며 함께 진행해야 한다. 또한 교육 공간이 모두 건축된 후 구성원의 라이프 사이클을 감안해 공간을 다시 바꾸는 것은 어려운 일이므로 설계 및 시공 단계에서 구성원들의 라이프 사이클을 고려하는 것이 중요하다.

미래 학교 공간은 부드럽고 창의적이고 쾌적한 만남의 공간이어야 한다. 그 공간에서 학생들은 새로운 것을 즐겁게 배울 수 있고 자연스럽게 학습 동기를 부여받을 수 있다. 또한 미래 학교는 다양한 교수-학습 상황을 지원할 수 있는 공간을 필요로 한다. 이때 교실 밖의 공간들이 혁신적인 솔루션이 될 수 있다. 복도나 로비 등의 공간을 활용해 학습 영역을 만들면 주제 교실과 마찬가지로 학생들이 가진 개성을 발현시킬 수 있다. 미래 학교 공간을 계획할 때 구성원들, 특히 학생들의 참여가 필수적으로 요구되는 이유이기도 하다.

미래의 학교 공간 상상하기

그렇다면 이렇게 계획하고 설계한 미래의 학교 공간은 어떤 모습일까? 먼저 학습 공간은 가변적인 형태로 설계된다. 기존에 있던 네 개의 벽 대신 다섯 개의 벽 혹은 개방형 벽이 될 수도 있다. 공간의 개방성과 투명성은 연대감을 만들어 낸다.

학교 공간은 다양한 규모의 그룹 활동과 팀 수업을 지원하며, 학생은 그 안에서 자유롭게 작업하고 아이디어를 교환할 수 있는 기회를 제공받는다. 다양한 모양과 크기의 공간에서 교사와 학생은 여러 가지 형태의 교수-학습을 할 수 있다.

또한 창의성과 혁신을 지원하기 위해서 설계된 미래의 학습 공간에서 학생들은 새로운 것을 발견하고 아이디어를 주고받으며 사회 구조 혹은 학습 구조를 바꾸고 혁신할 수 있는 역량을 키울 수 있다.

미래의 학교 공간은 수업 시간에만 사용되는 것이 아니라 시간과 관계없이 평생 학습 차원에서 사용되기도 한다. 만약 지역 사회의 어린이나 청소년이 학교 교육 외에 클럽 활동이나 취미 활동을 위해서 사용하고자 한다면 그들을 위해 학교 공간을 개방해야 한다. 또한 성인들이 친목이나 문화 활동을 하는 공간으로도 사용할 수 있다. 즉 학교 공간은 모든 커뮤니티를 위한 '경험의 집'으로 변화하고 새로운 학습을 지원하도록 설계된다.

미래의 학교 공간은 단순한 '상상'이 아니다. 실제로 새롭고 다양한 학습 환경을 제공해 주는 곳이 되어야 한다.

미래 학교와 학교 공간

학습과 놀이, 삶 그리고 사람을 아우르는 공간

미래 학교는 정형화된 모습이 없다. 전 세계적으로 교육 주체들과 지역 커뮤니티들이 함께 만들어 가고 있는 과정 자체가 미래 학교의 모습이다.

코로나19로 우리는 학습 공간과 쉼의 공간 그리고 일의 공간의 경계가 없어지는 것을 이미 체험했다. 미래 사회에는 학습과 놀이, 삶의 구분이 더욱 모호해질 것이다. 학교 공간은 이제 이 모든 것들이 어우러지는 공간이자 그리고 그 공간을 사용하는 모두가 스스로 학습할 수 있는 기회를 부여받는 공간으로 바뀌어야 한다.

많은 학교들이 학교 공간 혁신 사업을 진행할 때 인테리어부터 고치려고 한다. 하지만 학교 공간 혁신의 핵심은 인테리어가 아니라 그 공간에 담을 콘텐츠이다. 그리고 이에 못지않게 중요한 것이 바로 '휴먼웨어*'이다. 공간에 담긴 콘텐츠를 학교 구성원들이 어떻게 활용하고 어떤 가치를 창출할 수 있을지를 반드시 고려해야 한다.

끝으로 미래 학습 환경에서 활용될 학습 솔루션의 예를 제시한다. 이는 '앞으로 어떤 공간과 학습 환경에서 학습이 이루어질 것인가?' '학습 환경은 어떻게 설계되어야 하며 공간 배치는 어떤 측면에 영향을 미칠 것인가?'라는 질문에 대한 답이 될 수도 있다. 하지만 이것 역시 미래 학교가 지닌 수많은 가능성 중 한 가지에 불과하다. 미래 학교 공간의 배치에 참고할 수 있는 자료로서 미래 학교를 만들어 가는 사람들에게 작은 도움이 되길 바란다.

---

* **휴먼웨어(Humanware)**
사용자 인터페이스와 사용자 경험을 위하여 설계된 하드웨어와 소프트웨어를 의미한다. 즉 기계적인 환경을 인간 환경에 맞게 제작한 것으로 사용자의 욕구에 맞는 개발, 사용자로부터의 정보 수집을 통한 지속적 개선 등이 포함된다.

구분	내용
학습과 교수 문화 (Learning & Teaching culture)	- 학습은 사회적 역할, 즉 학습은 다른 사람과의 생각 만남을 의미함. - 학습 공간은 협력과 협업을 지원함. - 교사 중심의 '전면 주도' 교실은 기본 활동이 이루어지는 학생 중심의 방법과 학습 영역을 위해 변화됨.
전략적 리더십 (Strategic leadership)	- 리더는 지역 커뮤니티 리더와의 협력을 통해 예산, 교수 및 운영 문화를 지도함. - 리더는 역량 관리, 실무 교육 코스 제공 및 리더십 교육을 담당함. - 리더십은 생각과 정보의 글로벌 교환을 점점 더 많이 포함하고 있음.
테마 교실 (Thematic class)	- 테마 교실은 전통적인 교실의 역할을 이전보다 더 개방적인 공부 장소로 바꿈. - 유연한 교육 모델 및 통합 기술 적용이 가능함. - 다른 공간에서 지원하는 주제별 교실은 주제 간 경계를 넘나드는 프로젝트를 실행하기 위한 실용적인 장소로 사용함. - 책상을 줄과 줄로 배열하지 않고 활동은 다양한 크기의 그룹으로 진행되며 교사는 그룹의 교사 역할을 함.
복도와 학습 기지 (Corridors & Learning bases)	- 모든 공간은 학습 공간으로 보아야 함. - 교육은 다양한 공간을 최대한 활용할 수 있도록 개발함. - 개인 또는 2인 이상으로 이루어지는 접촉 또는 원격 교육 그룹을 위한 것임.
커뮤니티를 위한 역량 공간으로서의 로비 (Lobbies as a competence space for the community)	- 현관 로비는 학습 공간으로 보여야 함. - 로비는 커뮤니티를 위한 모임 장소의 역할을 함. - 기술과 건물의 초점 영역으로, 학생들의 작품을 로비에 전시할 수 있음. - 여러 연령대의 지역 커뮤니티 모두에게 학습 환경을 제공함.
외부 학습 환경 (Outside learning environment)	- 외부 공간은 웰빙을 지원하고 건강한 생활 방식을 촉진함. - 지역 커뮤니티의 평생 학습과 활용은 지역 운동 환경의 강점이 됨. - 주거 지역의 매력을 높이고, 기술을 통합함.
정보 사회의 미디어 공간, 학교 도서관 (Space, school library in the information society)	- 미디어 리터러시와 미디어를 비판적으로 평가하는 능력이 미래의 리터러시의 열쇠임. - 공간은 조사 방법, 현상 관찰 및 프로젝트 작업을 지원함. - 이러닝 학습 자료, 시뮬레이션 및 3D 게임과 같은 학습 환경은 교육 기관의 미디어 세계에서 필수적인 부분임.

정보 사회의 학습 공간과 솔루션

이미지 출처

1부

24, 26, 27, 29, 31, 34, 35쪽 세종 솔빛초등학교

52, 54, 57쪽 경남 남해 해성중학교

65, 69, 75, 77쪽 강원 평창고등학교

2부

89, 96, 98, 99, 100쪽 전북 전주교대 전주부설초등학교

94쪽 토비스 랩

113, 115, 117, 118, 121, 123, 124, 125, 127, 130, 131, 135쪽 경남 용남중학교

145, 146, 148, 149, 150, 152, 156쪽 서울 당곡고등학교

3부

170, 171쪽 김은미

177, 179, 183, 185쪽 광주 본촌초등학교

187쪽 광주 서일초등학교

199, 206, 207, 212, 218쪽 조진일

224쪽 한국교육개발원

239쪽 픽사베이

미래 학교 만들기 프로젝트

학교 공간, 이렇게 바꿨어요!

초판 1쇄 발행 • 2021년 3월 5일
초판 4쇄 발행 • 2022년 7월 27일

지은이 • 권미나 김건우 김은미 김은주 심중섭 유정수 이경원 조진일 최연진
펴낸이 • 강일우
편집 • 김은주 소인정
펴낸곳 • (주)창비교육
등록 • 2014년 6월 20일 제2014-000183호
주소 • 04004 서울특별시 마포구 월드컵로12길 7
전화 • 1833-7247
팩스 • 영업 070-4838-4938 / 편집 02-6949-0953
홈페이지 • www.changbiedu.com
전자우편 • textbook@changbi.com

ⓒ 권미나 외 2021
ISBN 979-11-6570-051-5   03370